Michel Drac

Tapis de Bombes

Fiction

Michel Drac

Essayiste non-conformiste, **Michel Drac** s'efforce de construire une grille de lecture originale de notre présent, pour esquisser notre devenir. Sa méthode : ignorer toutes les injonctions du politiquement correct, abolir toutes les barrières artificielles qui encagent notre réflexion, et réapprendre à énoncer le négatif pour rendre possible de nouvelles synthèses.

Tapis de Bombes

Première publication : Éditions Scribédit, 2007

Publié par Le Retour aux Sources

www.leretourauxsources.com

Dédicace :

À tous ceux qui préfèrent un Mal vivifiant à un Bien morbide.

« Optimiste : équivalent d'imbécile. »

Gustave Flaubert, Dictionnaire des idées reçues

Un jour, sur Internet, j'ai rencontré un type, par hasard peut-être, je ne sais pas. Il ne m'a pas dit son nom. Son pseudonyme change constamment, selon les jours, selon les forums sur lesquels il intervient. Régulièrement, par courriel, il m'envoie des liens vers les sites où il sévit. Pour le reste, je ne sais rien de lui. Même son courriel m'est inconnu : il m'écrit depuis une boîte hotmail ou yahoo, qui change tous les jours et qu'il clôt chaque soir.

Ce qui suit est un recueil des aphorismes et paradoxes de ce type, dans l'ordre où il me les a transmis.

Par conséquent, j'ouvre à présent les guillemets : « ...

*

Il vaut mieux avoir tort en gilet pare-balles que raison en face d'un peloton d'exécution.

Le reste, tout ce qui suit, c'est donc de la poésie.

*

Le seul moyen d'être équitable, c'est de défoncer la gueule à tout le monde. Parce que, pour dire les choses simplement, tout le monde mérite de se faire défoncer la gueule.

L'inconvénient, c'est qu'ensuite, tout le monde voudra vous défoncer la gueule. Mais bon, on n'a rien sans rien.

*

D'une manière générale, un discours désordonné est plus efficace qu'un discours ordonné, lorsqu'il s'agit d'influencer. C'est que, confronté à un discours désordonné, nous cherchons à en rétablir la cohérence – ce qui nous force à nous approprier ce discours, à le faire nôtre.

Procédé malhonnête j'en conviens.

Je n'ai jamais prétendu être honnête, de toute manière.

L'honnêteté, c'est bon pour les gens qui n'ont aucune cause à défendre, qui justifierait qu'on fût malhonnête pour elle.

Une valeur de mercanti, en somme.

*

Si quelqu'un vous dit qu'il est antiraciste parce qu'il est antinational, vous pouvez être certain que ce type cherche à vous enfumer.

En fait, le seul véritable antidote au racisme, c'est justement la *nation*.

La nation organise un arc, une tension, qui conduit le citoyen de sa conscience ethnique vers une conscience supérieure, construite, et qui est proprement politique. Un Blanc et un Noir peuvent réellement dépasser leur différence physique s'ils se retrouvent face à un monde autre, au regard duquel ils sont mêmes.

C'est pourquoi un antiracisme authentique devrait commencer par la réaffirmation de la nation. Le jour où les Français noirs et les Français blancs se sentiront vraiment français, ils se sentiront moins noirs, moins blancs. Et à travers leur francité partagée, ils se connaîtront dans leur humanité partagée.

On objectera que cette vision anthropologique est triste, qui semble impliquer que la seule chose qui unifie les êtres, c'est la conscience d'un ennemi commun. C'est vrai, c'est triste. Mais c'est ainsi : le conflit est le père de l'Être, il est la loi du monde. Donc pour être mêmes, il faut que nous ayons le même autre.

À l'aune de cette rude réalité, on voit bien ce que vaut l'antiracisme institutionnel, qui s'applique précisément à détruire la nation…

*

Tiens, une remarque…

En Turquie, affirmer l'existence du génocide arménien est passible des tribunaux.

En France, nier l'existence du génocide arménien est passible des tribunaux.

Ça va devenir compliqué pour les historiens turcs en France – ou pour les historiens français en Turquie.

C'est le but, d'ailleurs.

*

Vous avez remarqué ? – Aucun Vietnamien ne nous emmerde avec notre culpabilité coloniale. Et pourtant, vu ce qu'ils se sont pris dans la gueule, les frères, ils pourraient la ramener, non ? – Eh bien non, justement, ils ne nous emmerdent pas. Ils nous ont botté le cul, ça suffit à leur joie.

Les Vietnamiens, les asiatiques en général, ils bossent, point final. Devenus français pour certains d'entre eux – les métis surtout, persuadés pour les autres qu'ils retourneront un jour dans leur rizière natale, ils bossent, ils font leur pelote, ils s'imposent pacifiquement, par leurs qualités propres – discipline collective et personnelle, goût du travail bien fait, indéniables facilités scolaires. Non contents de s'adapter à nos longitudes, ils se suradaptent même – aux États-Unis, les asiatiques ont des résultats scolaires meilleurs que ceux des Blancs. En France, nous ne disposons d'aucune statistique, mais le simple examen de notre entourage est assez instructif, sur ce point.

Alors voilà, une question se pose... Et si d'autres ne nous emmerdaient avec notre supposée culpabilité collective – colonialisme, Vichy – que parce qu'eux, ils ne parviennent pas à atteindre leurs objectifs par le simple jeu de leurs qualités ? - Il n'y a qu'un pas du constat à la conclusion.

Pas que je me garderai bien de faire, comme on s'en doute. J'observerai simplement que, d'après mon expérience personnelle, plus un individu est capable de réussir par lui-même, moins il se réfugie derrière son appartenance communautaire...

On en déduire ce qu'on voudra.

*

Simple constat statistique : parmi les partisans d'une législation permissive quant à l'interruption volontaire de grossesse, en France, il y a des centaines de milliers de personnes qui n'auraient pas vécu si la loi Veil avait été promulguée dix ans plus tôt – tout simplement parce que parmi les Français nés avant 1975, il y a des *accidents*.

*

J'écoute à la radio l'interview d'un baby-boomer médiatique et pontifiant. Le vieux crabe nous explique savamment pourquoi il va falloir que les générations à venir se saignent aux quatre veines. En gros, il s'agit d'entretenir les vieux jours paisibles de vieillards devenus hégémoniques, pyramide démographique oblige – sinon, gare !

J'écoute ce zig et l'envie me prend de lui tenir un discours qui pourrait ressembler à ceci :

« Alors comme ça, vieille baderne liftée et reliftée, tu t'imagines qu'après nous être faits dépouiller de notre jeunesse par ta génération de rebelles en peau de lapin, vous qui refusâtes d'être nos pères ou qui, mères fusionnelles, nous avez enfermés dans une prison mentale aux murs visqueux…

« Après avoir encore supporté pendant des années des loyers absurdes pour nos petits salaires de trentenaires précarisés, mais qui servaient à nourrir vos bas de laine de quinquagénaires friqués…

« Après, surtout, avoir encaissé le contrecoup cataclysmique de votre idéologie soixante-huitarde de merde, idéologie mortifère qui nous vaut d'évoluer dans la société la plus stupide de l'Histoire…

« Eh bien, après tout cela, donc, tu t'imagines encore, vieille canaille, que nous allons aussi consacrer les trente années qui nous restent pour sauver l'Europe, et avec elle toute la civilisation, à cet objectif unique et pour toi apparemment vital : te permettre de péter dans la soie encore quelques années de plus.

« Eh bien, vieux jeune pitoyable, sache que j'ai retenu tes leçons mieux que tu ne l'imagines. C'est bien toi qui disais qu'il fallait jouir sans entraves, n'est-ce pas ? – Eh bien moi, vois-tu, ça va me faire jouir de te voir crever dans la misère, salopard ! Et ne va pas jouer les entraves : je sens qu'on te donnerait bien vite un bouillon épicé, dans ton asile pour vieux cons – le genre de bouillon qu'on ne finit jamais de digérer. »

Bien sûr, je ne me permettrais jamais de dire de telles choses à un vieillard. Je suis comme tout le monde, j'ai du respect pour mes parents… Mais avouons-le, ce n'est pas l'envie qui me manque…

*

Le Berlaymont, à Bruxelles, c'est le siège de la commission européenne – une énorme bâtisse de 240.000 m², hébergeant près de 3.000 ronds-de-cuir grands et petits. À la prochaine révolution, logiquement, c'est ce bâtiment-là que les révolutionnaires prendront en dernier, pour signifier que leur victoire est complète.

Et quand ils l'auront pris d'assaut, le Berlaymont, nos révolutionnaires de demain auront une sacrée surprise...

Tout le monde connaît ce tableau soviétique : un soldat russe, pendant la prise de je ne sais plus quel palais tsariste – le palais d'hiver, peut-être. Il a l'air tout surpris, notre moujik, d'avoir conquis les merveilles de la Cour – tableaux de maître, tentures, boiseries, etc.

Toutes les révolutions donnent lieu à ce genre de scènes. On peut imaginer les petits-bourgeois du Tiers État, venus tout droit de leur province en 1789, découvrant ébahis la Galerie des Glaces et les jardins de Versailles. Ou encore ceci : songez à l'émotion qui dut étreindre les soldats chinois dans la Cité Interdite, lorsque le dernier empereur perdit son trône – des siècles de fastes, tout le raffinement d'une aristocratie qui, longtemps, avait dirigé la première puissance mondiale...

Par opposition, quand les révolutionnaires de demain prendront d'assaut le Berlaymont, ils n'y trouveront *rien*. Pas un tableau digne de ce nom, tout au plus quelques croûtes prétentieuse genre art moderne revisité symbolisme toc pour franc-macs en fin de parcours. Ici ou là, admettons, un Goering au rabais aura pillé quelque musée, et l'on aura la surprise de découvrir quelque chose de beau – mais ce sera l'exception.

Ils erreront par les interminables couloirs du building, nos révolutionnaires, à la recherche de richesses à piller. Ils ne trouveront que des armoires remplies de papiers, papiers produits au million de kilomètres de texte inutile, redondant, abscons, mais traduit en quatorze langues – au moins. Peut-être, dans les sous-sols, nos vaillantes sentinelles de la révolution dégotteront-elles les voitures de fonction de messieurs les commissaires – de grosses cylindrées luxueuses. Et après ? – Ils les brûleront, voilà tout.

En sortant du Berlaymont, nos révolutionnaires se regarderont, interdits. Alors c'était cela, le cœur du pouvoir ? – une immense forteresse vide.

Le jour où le Berlaymont tombera, on pourra dire que le Néant a été pris d'assaut.

*

Je rêve du jour où quelqu'un aura le courage de dire, à la téloche, à une heure de grande écoute : « s'il est nécessaire que je sois raciste pour survivre à la guerre des races, alors je serai raciste ». J'aimerais bien qu'il ajoute aussi, cet esprit libre : « et s'il est nécessaire que je fasse la révolution pour que l'on cesse de m'exploiter, alors que le sang des oppresseurs retombe sur ma tête ! »

Ce jour-là, nous serons libérés de la tyrannie des moralistes.

*

La plupart du temps, nous ne pensons pas *vraiment*. Sans nous en rendre compte, nous nous contentons de réutiliser des concepts, des notions, des paradigmes qui nous ont été instillés, exactement comme des virus. Et bien sûr, une grande partie de ces virus mentaux sont malveillants – ils biaisent nos facultés déductives, ils nous castrent intellectuellement.

Il existe des laboratoires chargés de produire et de diffuser ces virus mentaux – sociétés de communication, agences de relations publiques, mais aussi cercles de réflexion, think tanks, etc. Certains obéissent directement aux réseaux du pouvoir – les cercles et groupes de droite, généralement. D'autres, à gauche, s'imaginent lutter contre le pouvoir, alors qu'en réalité, ils le servent sans le savoir – parce qu'ils sont eux-mêmes infestés de virus qu'ils reproduisent inconsciemment.

D'après les spécialistes, une fois qu'une population a été infestée massivement par des virus mentaux, il est très difficile de l'en guérir. L'action psychologique directe protège une population non contaminée, ou du moins retarde sa contamination. Mais elle ne peut pas éliminer les virus, une fois ceux-ci propagés à travers l'espace mental collectif.

Donc, pour décontaminer un esprit contaminé, il faut ruser.

Toute thérapeutique antivirale est délicate parce qu'elle affronte des organismes logés à l'intérieur des esprits, dont ils détournent le dynamisme à leur profit. Par conséquent, toute action antivirale s'accompagne nécessairement d'une agression contre les esprits contaminés – il faut bien pénétrer à l'intérieur du code génératif, si l'on veut le nettoyer.

L'astuce, pour limiter l'agression, est de bloquer la reproduction du virus. Pour cela, le mieux est de multiplier les points de blocage marginaux. Il ne faut pas chercher à démanteler les virus mentaux en bloc – le seul moyen d'y parvenir, ce serait de déconstruire toute la structure du mental contaminé, d'effectuer un « lavage de cerveau » – impensable dans un cadre démocratique. Il faut au contraire respecter l'intégrité du virus, mais infester le mental contaminé d'une multitude de contre virus, qui désorganiseront le germe agressif, à chaque fois qu'il se tentera de se dupliquer.

Un millier de piqûres d'épingle tuent plus proprement qu'un seul coup de hache.

*

Les altermondialistes, au départ, s'appelaient les « antimondialisation ». Comme par hasard, les médias décidèrent que ce seraient les « altermondialistes » – le préfixe « anti », voyez-vous, introduit une dimension polémique dans la discussion – « anti », ça ne fait pas « recherche du consensus », il faut bien le dire.

Les altermondialistes, au départ, posaient le problème de l'Organisation Mondiale du Commerce, de son mode de fonctionnement, mais aussi de sa *finalité*. Comme par hasard, les médias décidèrent que leur tâche serait de proposer « un autre monde » – pendant ce temps-là, au moins, ils ne s'intéresseraient plus à notre monde à nous.

Les altermondialistes, au départ, tentaient de restaurer la possibilité d'énoncer le Négatif pour créer une dialectique. Les médias décidèrent qu'ils faisaient partie du monde merveilleux du Bien – et à partir de là, c'était cuit pour eux – on peut triompher du Mal, mais pas du Bien.

Une fois récupérée, la galaxie altermondialiste est progressivement devenue un énième outil de « damage control » au service du Capital mondialisé – il subsiste bien quelques vraies poches de rébellion, ici ou là, mais le Bien l'a emporté : l'altermondialisme veut désormais humaniser le mondialisme du capital régnant, il ne s'agit plus de le renverser.

La suite est prévisible. À force de glissements sémantiques, l'altermondialisme va peu à peu se muer en une fausse alternative dialectique au mondialisme néo-libéral. Contaminée par l'impératif du Positif, l'idée altermondialiste nourrira le discours dominant au lieu de le rejeter.

L'altermondialisme ? – une fabrique de virus idéologiques lancés par le pouvoir pour assécher les « gisements de révolte » – luttes catégorielles à l'opposé d'une véritable conscience de classe, réformisme utopique par opposition au projet révolutionnaire, etc. D'ailleurs, c'est bien parti : aux dernières nouvelles, sous la présidence de Lula, les banques brésiliennes ont pulvérisé leurs records de bénéfices.

*

Propos entendu dans la rue, à un arrêt de bus :

« Pour les cathos tourmentés et autres bonnes âmes adeptes des raisonnements de bonne sœur, gauche morale gnangnan et breloques victimaires, ça risque de finir en bolossage géant, et par leurs protégés encore ! – c'est-à-dire, pour parler comme mon voisin, par les « racailles ».

« Remarquez, en un sens, cela règlera le problème. Ou bien les gaugauches se réveilleront, et ils ne seront plus « de gauche » – en tout cas, plus de cette gauche-là. Ou bien ils ne se réveilleront pas, crèveront, et nous n'en entendrons plus parler. Dans les deux cas, le problème sera réglé.

Positivons.

*

Ce qui est sûr, c'est que ça ne peut pas durer. Il suffit de prolonger les courbes actuelles pour constater qu'on va assez vite arriver à un point de rupture. Prenez la démographie, par exemple. L'Europe occidentale tourne actuellement à 1,5 enfants par femme, à peu près. Ce qui veut dire que la population diminue de 25 % tous les trente ans.

Donc : en 2005, 400 millions d'ouest-européens ; en 2035, 300 millions ; en 2065, 225 millions.

Prenez maintenant un pays comme le Pakistan. En gros, c'est du 5 enfants par femmes, leur plan, aux frères. Ce qui veut dire que la population double tous les 25 ans, ou à peu près.

Donc : en 2005, 150 millions de Pakistanais ; en 2030, 300 millions ; en 2055, 600 millions. Ça nous envoie vers 2065 dans un monde où le Pakistan serait trois fois plus peuplé que l'Europe occidentale – à lui tout seul.

Il est bien évident qu'au moins un des termes de l'équation va être modifié.

Hypothèse numéro un : les Pakistanaises s'alignent à brève échéance sur un raisonnable 2,1 enfants par femme. Peu probable – les barbus vont arriver au pouvoir à Islamabad tel que c'est parti, et ces mecs ne sont pas particulièrement adeptes du planning familial.[1]

Hypothèse numéro deux : les occidentales se mettent à pondre cinq lardons. Tout à fait exclu. Elles auraient l'impression de déchoir. Et puis, elles n'ont pas le temps : elles ont une carrière de cadrette surdiplômée à assumer, les meufs.

Hypothèse numéro trois : les Pakistanais envahissent l'Europe occidentale. En 2050, Berlin est pakistanaise.

---

[1] Note 2020 : sans aller jusque-là, le Pakistan a vu sa natalité chuter dans les années 2010. Résultat, il semble bien que nous serons congolisés ou nigérianisés avant d'avoir eu le temps de nous faire pakistaniser. Pour le reste, l'argumentaire reste d'actualité.

Paris aussi. Madrid aussi. Tout le monde est pakistanais. Le Pakistan, de Gibraltar à Glasgow !

Hypothèse numéro quatre : la violence accouche de l'Histoire.

Je vous laisse évaluer la probabilité respective des hypothèses trois et quatre.

*

Cent millions.

C'est le nombre approximatif d'avortements pratiqués en Occident, Russie incluse, depuis la légalisation de l'interruption volontaire de grossesse – légalisation survenue, dans la plupart de nos vieux pays, pendant les années 70. C'est dix fois le nombre de victimes du système concentrationnaire nazi, le double du nombre de tués pendant la Seconde Guerre Mondiale, à peu près le nombre de victimes du communisme – Chine maoïste et Russie soviétique confondues. Sur le plan des conséquences démographiques, c'est donc une catastrophe sans précédent. Et, fait incroyable, cela s'est fait pour l'essentiel dans le silence – pas un murmure, ou presque.

La femme est une machine à tuer bien plus efficace que l'homme – et pour cause : en refusant de donner la vie, elle l'ôte.

*

Ceux d'en haut.

Ils disent qu'ils en savent plus long que nous. Savent-ils l'effet que ça fait de ne pas savoir ce qu'ils savent ? – Non, ils ne le savent pas.

Moralité : nous aussi, nous en savons plus long qu'eux.

*

« Le communisme rêvé : à chacun selon ses besoins, de chacun selon ses capacités. »

Blabla. Passons aux choses sérieuses :

« Le socialisme réel : aux oligarques selon leurs désirs, des travailleurs au-delà de leurs capacités. »

« Le néo-libéralisme : pareil, mais en plus efficace. »

Choisis ton camp, camarade – ou alors, *change de bataille.*

*

Quand je pense à la rectitude morale de certains militants communistes de ma connaissance, à leur idéalisme sincère, à leur volonté farouche de rendre le monde meilleur, je me dis que les honnêtes gens sont bien plus dangereux que les canailles.

Il devrait y avoir des lois contre la bonté.

*

L'autre jour, je discutais avec un copain. Nous parlions de l'islam. Il me disait que ce qui le choquait le plus, dans cette religion, c'était la condition des femmes en terre d'Islam.

Il me disait : « cette manière de cacher le corps de la femme, comme si c'était un objet de honte, tu sais, le sang menstruel et toutes ces choses… »

Et dans son dos, il y avait un kiosque à journaux, avec, à la Une d'un magazine féminin, une businesswoman habillée en homme, tailleur gris coupe masculine, chemisier blanc sobre, cravate.

Il me disait : « cette manière de chosifier la femme, tu sais, d'en faire un instrument de reproduction, un capital que les mâles se partagent… »

Et dans son dos, sur les rayons supérieurs du kiosque, je pouvais parcourir les titres de la presse porno – « femme sodomisée », « prise par trois types », « défoncée sauvagement », etc.

Il a conclu sur quelque chose comme : « entre eux et nous, il y a une différence insurmontable… »

Je ne lui ai pas donné tort.

*

Depuis trente ans, tout est fait pour que l'homme français blanc issu de la classe moyenne perde sa virilité, sa capacité guerrière, sa volonté de puissance. Le système médiatique organise cette castration, en promouvant des modèles d'identification féminisants – le gay, le nouvel homme qui fait la vaisselle, etc. Le système scolaire a parallèlement promu un discours ethnomasochiste – le seul racisme est celui des Blancs contre les Noirs, les Blancs sont coupables de la misère africaine, etc.

Dans le même temps, le pouvoir a toléré, voire encouragé, la « survirilisation » symbolique de l'homme noir en Occident – et à un degré moindre, celle de l'arabe. Esthétique rap dans les médias, valorisation des cultures « autres » par l'Éducation Nationale, etc.

Certains nationalistes français en déduisent que le pouvoir doit aimer les Noirs et les arabes. Je pense qu'ils n'ont pas bien regardé. À en juger par ce qui se passe en

Afrique, les maîtres du système français actuel n'en ont pas grand-chose à faire des Noirs. À en juger par ce qui se passe en Irak, les maîtres du système mondialiste s'en fichent copieusement, du sort des arabes.

Alors ? – Pourquoi les mêmes qui oppriment les Noirs en Afrique et les arabes en Islam deviennent-ils soudain négrophiles et islamolâtres en Occident ? – Hypothèse : au fond, ce qui inquiète le pouvoir, c'est la fraction du peuple qui peut s'élever jusqu'à lui, la classe moyenne, si vous voulez – pas les couches populaires proprement dites. Et ce qui fait le plus peur au pouvoir, c'est que la classe moyenne trouve à s'entendre avec les couches populaires contre les classes dirigeantes.

Dans cette optique, l'émasculation du « bourgeois lopette » des classes moyennes et la survirilisation de l'immigré africain s'inscrivent dans une longue tradition, qui n'a rien à voir avec la négrophilie. Il s'agit tout simplement de fabriquer un sous-prolétariat violent, allié de revers idéal pour les oligarchies contre les classes moyennes. En l'occurrence, la « racialisation » du processus permet d'en dissimuler la vraie nature sous le couvert de l'antiracisme.

On observera d'ailleurs avec intérêt que, depuis peu, la survirilisation du Noir et de l'arabe s'efface devant la survirilisation du « jeune des quartiers » – comme si un Noir ou un arabe, une fois sorti du « quartier », devait nécessairement rejoindre les rangs des « bourgeois lopettes ».

*

À y regarder de près, les grands innovateurs furent souvent des conservateurs, parce que c'est leur conservatisme qui rendit l'innovation possible. Et si le conservatisme raisonné avait pour fonction secrète de rendre le progrès possible ? – en excluant le progrès déraisonnable du champ des possibles, précisément.

Tenez, je vous parie que les mieux capables d'assimiler les Français issus de l'immigration, ce sont les nationalistes !

*

Le Front National fut longtemps une curiosité sociopolitique comme on en a rarement vu. C'était en effet un parti hors système qui, bien que situé structurellement à l'extérieur du système, en fait néanmoins partie sur le plan fonctionnel.

Démonstration...

Imaginons que le FN disparaisse. Ce n'est guère possible, mais imaginons. Que ferait l'électorat FN ? Vers qui se tournerait-il ? Vers les partis institutionnels ? C'est ce que prétendent ces partis, bien sûr. Mais soyons sérieux... L'électorat populaire se tournerait vers l'extrême gauche la plus dure, l'électorat bourgeois vers un autre mouvement politique de droite, potentiellement plus dur que le FN. Deux évolutions qui, et l'une, et l'autre, pourraient s'avérer très déstabilisantes.

Conclusion : le FN fut longtemps un parti hors système qui participait au système en constituant une contestation aussi peu dangereuse que possible pour le bloc institutionnel – d'où sans doute la prolongation absurde de cette anomalie : un parti réputé factieux, mais toléré par le pouvoir pendant vingt ans ! – d'où peut-être, aussi, cette ruse du peuple : utiliser Le Pen comme un bélier, puisqu'il est appuyé contre la muraille.

*

« Il y a un lien mécanique entre immigration et délinquance. »

« Les immigrés sont pour la plupart de braves gens. »

Ces deux propositions sont vraies, et l'une et l'autre. L'immigration crée de la délinquance, c'est inéluctable – les immigrés sont déracinés, et des déracinés sont forcément instables. Mais les immigrés, dans leur grande majorité, sont de braves gens, qui affrontent le déracinement avec courage et dignité.

En fait, ce qu'il faut bien comprendre, c'est que la délinquance ne concerne généralement que les marges. Dans une population normale, admettons 1 % de délinquants récidivistes et 0,1 % de criminels endurcis.

Donc, dire qu'une population est excessivement criminogène, c'est dire qu'elle compte, par exemple, 10 % de délinquants récidivistes et 1 % de criminels endurcis. C'est-à-dire qu'une population qui compte 89 % de braves gens est bel et bien une population fortement criminogène.

*

L'un des aspects les plus embêtants de l'affaire Hitler, c'est que pour justifier ses horreurs, cet abruti avait commencé par dire un tas de trucs vrais. La revanche posthume du bonhomme, c'est en somme d'avoir rendu impensable la moitié du bagage de l'honnête homme. C'est pourquoi dénazifier, aujourd'hui, c'est aussi réhabiliter les idées justes que Hitler avait accaparées – la dénonciation de la ploutocratie mondialiste, par exemple.

Cela dit pour soigner ma réputation de provocateur.

*

Devinez de qui je parle.

Ces gens-là font des propositions qu'on ne peut pas refuser.

Quand ils disent qu'ils vont redresser une boutique, ils la quittent quelques mois plus tard, en faillite – et elle brûle juste après leur départ.

C'est… ?...

Vous aviez deviné, bien sûr… le Fonds Monétaire International !

*

Les médias nous bombardent de chiffres à propos de la religion chrétienne. Tant d'évangélistes en plus, tel taux de pratique du catholicisme… Blabla.

Hypothèse : derrière les évolutions numériques apparentes, il y a une évolution qualitative invisible – et c'est justement pour noyer cette évolution qualitative que les médias brassent du chiffre, nous alignent du chrétien en vrac…

Protestant comme catholique, le christianisme revient aujourd'hui à des conceptions qu'il avait abandonnées dans les années 70, quand le principal sujet de la religion était devenu son articulation avec la société moderne. Epoque visiblement révolue : la religion reparle de Dieu – en fait, le besoin de Dieu éclate littéralement, il explose à la gueule des curetons, qui souvent en sont eux-mêmes tout surpris ! – une évolution qui mérite qu'on s'y arrête.

Commençons par les parpaillots. Mine de rien, ils sont en train de vivre un bouleversement sans précédent. Depuis trente ans, les obédiences sécularisées ont régressé. Simultanément, l'évangélisme a connu une forte expansion. Voici une bien triste affaire : la mort clinique de certaines obédiences classiques, crevées à force de sécularisation libérale. Triste affaire qui recoupe assez bien l'évolution démographique des populations protestantes : nous expliquer que le nombre de parpaillots augmente, c'est se foutre de notre gueule. En fait, le nombre de parpaillots noirs ou sud-américains tendance évangéliques en transe explose littéralement – mais des parpaillots bien de chez nous, genre calvinistes à sale gueule et luthériens rougeauds, il n'en reste pas lourd…

Le catholicisme prend le même chemin, mais à la manière d'une organisation centralisée. L'élection du pape Benoît XVI correspond à une tendance de fond. Il n'y a pas à s'y tromper : après avoir longtemps eu le vent en poupe, le catholicisme soft est sur la mauvaise pente. Retour à la Tradition, les moines espagnols ont la cote !

Pourquoi ce retournement ?

La réponse est assez facile : l'échec du modernisme est criant. Dans le monde développé, là où la religion catholique s'est sécularisée, elle a pratiquement disparu. Aux USA, l'Eglise catholique ne se porte bien numériquement que grâce aux immigrants latinos – sans eux, elle serait presque aussi moribonde que l'Eglise européenne. Les Blancs ne prient plus.

Alors, le catholicisme, c'est quoi, aujourd'hui ? – Eh bien, c'est une religion des peuples du tiers-monde. Et ces gens-là, voyez-vous, veulent qu'on leur parle de Dieu – ils sont trop pauvres pour se passer de Lui.

Ajoutez à cela, pour faire bonne mesure, qu'en Occident même, les cathos et parpaillots blancs ont tendance à revenir à la religion de grand-papa – là encore pour des raisons démographiques évidentes. Prenez une mère de famille française catho tradi qui a huit gosses, ou son équivalent baptiste « narrow-minded » du Middle West, qui généralement aligne à peu près autant de bambins... eh bien, ces donzelles ont, sur la société, un impact bien plus important que n'importe quelle célibattante friquée – qui pond un lardon au maximum. Sur le moment, la célibattante fait parler d'elle, certes, alors que les mères au foyer font dans la discrétion. Seulement, une génération plus tard... Au bout de trente ans, au bout de trente ans de légalisation de l'IVG et quarante ans de pilule contraceptive, cela commence à se voir, que certains ont fait des enfants, et pas les autres... Et comme la religion, ça se transmet de parents à enfants, forcément, la majorité d'hier finit par devenir minoritaire...

C'est comment déjà ? – Ah, oui, ça me revient : « Vous ferez de vaines semailles dont se nourriront vos ennemis. » – Lévitique, chapitre 26, malédiction contre ceux qui ne respectent pas la Loi.

Vous étiez prévenus, mes cocos.

*

Luttez contre la discrimination dans son principe même, comme le voudrait une certaine gauche « métaphysique », et vous anéantirez la démocratie d'abord, la société ensuite, l'humanité elle-même pour finir.

La discrimination est le principe fondateur de tout ordre social. Sans discrimination, pas d'ordre – et donc pas de société démocratique possible, puisque selon un mécanisme bien connu, de l'anarchie naît le fascisme. Donc l'enjeu n'est pas de supprimer la discrimination, mais de faire en sorte qu'elle soit juste.

Encore faut-il fixer des bornes à la justice.

Les seules discriminations qu'un État démocratique puisse combattre avec efficacité sont celles pratiquées illégalement dans la sphère publique. Mais dans le domaine privé, et donc dans la plupart des entreprises, il est naturel que les individus opèrent des discriminations. Alors quoi ? – Vous voulez interdire aux Blancs de préférer les Blancs aux Noirs ? C'est peut-être très beau dans la théorie, fraternité universelle et tout le tintouin, seulement dans la pratique, c'est tout simplement absurde. On ne peut pas empêcher les gens d'avoir des préférences, aussi infondées que soient lesdites préférences. C'est bien connu, qui se ressemble s'assemble, dit le proverbe.

Vous me direz qu'on peut à la rigueur interdire de discriminer sur des critères donnés. Admettons. Mais en tout cas, on ne peut pas empêcher de préférer. On ne peut pas « interdire » un sentiment, on ne peut proscrire que sa manifestation, ce qui ne règle en rien le problème de fond. Qui se ressemble s'assemble, voilà, c'est comme ça.

Et non seulement la sacro-sainte « lutte contre les discriminations » est absurde, mais en outre elle s'avèrera historiquement criminogène. Croire qu'on peut empêcher les êtres humains d'avoir un comportement humain, c'est les condamner à l'inhumanité, donc à la monstruosité. Interdisez aux hommes d'être irrationnels, interdisez-leur de préférer leurs semblables à leurs dissemblables, et vous les condamnez à exterminer leurs dissemblables pour mettre en cohérence le réel et le légal. Le chemin de l'Enfer, c'est bien connu, est pavé de bonnes intentions...

Dans le domaine privé, même les discriminations injustes doivent être tolérées. Les hommes doivent avoir le droit d'être injustes, aussi longtemps qu'ils en payent le prix. L'enjeu est de démontrer aux acteurs qu'une discrimination injuste, généralement, se retourne contre celui qui l'a pratiquée. En la matière, la contrainte ne peut déboucher que sur la dissimulation, l'enfermement et l'hypocrisie.

Voilà, c'est comme ça. Faudra faire avec, parce qu'on n'y peut rien.

*

J'ai compris ce que nos dirigeants appellent : « une France riche de sa diversité ».

C'est une France où tout le monde se sentirait bien, quelle que soit la couleur de sa peau.

Les Noirs habitués à manger Mac Donald ou Quick, à s'habiller Nike ou Adidas, à rouler Renault ou Peugeot, à rire Arthur ou Fogiel et à voter Sarkozy ou Royal : heureux dans la France d'après, riche de sa diversité.

Les Blancs habitués à manger Mac Donald ou Quick, à s'habiller Nike ou Adidas, à rouler Renault ou Peugeot, à rire Arthur ou Fogiel et à voter Sarkozy ou Royal : heureux dans la France d'après, riche de sa diversité.

Les Jaunes habitués à manger Mac Donald ou Quick, à s'habiller Nike ou Adidas, à rouler Renault ou Peugeot, à rire Arthur ou Fogiel et à voter Sarkozy ou Royal : heureux dans la France d'après, riche de sa diversité.

C'est beau, la diversité.

*

Ce qui est très frappant, dans nos sociétés en faillite, c'est que dès que quelque chose est dépénalisé, il se trouve quelqu'un pour revendiquer un « droit à » la chose en question. Ainsi, le droit d'avorter est devenu le droit des femmes à disposer de leur propre corps – comprendre : celui de leur enfant. C'est-à-dire que l'avortement, au départ une solution de dernier recours, s'est banalisé au point de devenir une affaire de confort.

La liberté d'agir avec responsabilité est devenu le droit à l'irresponsabilité.

*

Ah, le vote des étrangers...

Un des intérêts de cette niaiserie, auquel ses partisans n'ont certainement pas pensé, c'est qu'en faisant voter les étrangers, ils vont découpler la citoyenneté de la nationalité. Or, si l'affaire peut fonctionner dans un sens, elle peut aussi s'entendre dans l'autre – c'est-à-dire que la nation française, une fois découplée de la citoyenneté française, pourrait s'émanciper de la soi-disant république dite française.

*

S'agissant des vrais écolos, ils ont raison : ça craint.

S'agissant des « verts », je commence à soupçonner un gag situationniste, ou quelque chose de cet ordre. En tout cas, c'est eux qui craignent.

D'ailleurs, une question : est-ce que vous connaissez le programme des verts concernant l'écologie ? – Non, non, je ne parle pas du mariage des tatas, de la « lutte » pour les « sans papier », de la légalisation du cannabis ou des loups dans les Alpes. Je parle de l'écologie sérieuse – qu'est-ce qu'on fait pour l'énergie, réduction des émissions toxiques, etc.

Alors, vous le connaissez, leur programme ? – Ah ! Vous voyez...

*

Pendant les émeutes de novembre 2005, alors que pas mal de connaissances flippaient comme des bêtes, moi, je bichais. J'espérais secrètement que la belle jeunesse de banlieue, si dynamique, allait enfin s'en prendre aux vrais responsables du désastre, à savoir les crétins de Paris Centre.

Ah, ce septième arrondissement en flamme, comme j'en ai rêvé !

C'eut été justice. Après tout, depuis trente ans que les bourgeois chantent les vertus du multiculturalisme de salon et crachent sur les beaufs de banlieue, lesquels se prennent stoïquement dans la gueule la violence atroce d'une régression sociale sans précédent... eh bien ce serait justice que les menteurs reçoivent enfin le salaire de leur mensonge, non ?

Hélas, les « racailles de banlieue » se sont montrés telles qu'en eux-mêmes : des imbéciles. Si ces gaillards avaient eu les tripes de faire une vraie révolution, de s'en prendre au VII°, VIII° et XVI° arrondissements parisiens, je les aurais respectés – comme on peut respecter d'authentiques révolutionnaires. Au lieu de ça, ces malheureux sont restés dans leur quartier, ont cramé la caisse de leurs parents, ou à défaut celles de quelques cadres moyens exténués, eux-mêmes relégués dans les résidences périphériques par l'explosion du prix du mètre carré à Paris Centre...

Racailles, je vous hais !

*

Un énarque est un administrateur formé pour se couler docilement dans un système d'irresponsabilité individuelle et collective – Crédit Lyonnais, Vivendi Universal, France Telecom, Alsthom...

Pour autant, on aurait tort de blâmer l'ENA – elle n'est qu'un nom, qu'une forme, qu'un outil. Le mal est bien plus profond.

Démonstration...

Connaissez-vous l'histoire du général Gamelin en mai 1940 ?

Quand les armées françaises ont avancé en Belgique, exposant leur flanc à l'attaque des divisions blindées allemandes, Gamelin sentit le risque. Mais au lieu de changer de plan, ce qui l'aurait obligé à assumer une décision, il nomma le général Georges « coordinateur des opérations ». But de la manœuvre : diluer les responsabilités, afin qu'en cas de victoire, Gamelin puisse dire qu'il avait gagné, et qu'en cas de défaite, il puisse dire qu'il n'avait pas perdu.

Voilà : l'ENA, c'est l'école des Gamelin.

*

Le vrai problème, de toute manière, ce n'est pas l'énarque. Le vrai problème, c'est l'énarchie.

L'énarchie a pour effet de réserver les postes de décision à une coterie, sélectionnée pour l'essentiel sur des critères de conformité politique et d'appartenance de classe. Que les énarques soient, ou pas, des gens brillants, c'est leur mode de fonctionnement collectif qui pose problème : à tous les niveaux, ils ont capté le gouvernement, quand ils ne devraient assurer que l'administration.

Cela se terminera mal. D'ailleurs, toute l'histoire des révolutions nous l'enseigne : lorsque le sommet de la classe moyenne ne peut plus intégrer la classe dirigeante, lorsque les élites se montrent incompétentes et pourtant refusent de se réformer, la révolution devient inéluctable.

Vous verrez, j'ai raison. J'en suis certain.

*

Un discours qui eut été, il y a cent ans, tout à fait banal, presque conformiste, peut aujourd'hui choquer le pékin plus sûrement qu'un concert de Madonna.

Démonstration...

Admettons que je dise :

« Dans les traditions vivantes, il est généralement admis que la finalité de la vie est l'acceptation de la mort, puisque c'est la seule finalité qui fasse sens.

« Pour accepter la mort, il est généralement considéré qu'il faut qu'un individu s'éloigne de lui-même et aille vers l'Incréé – le nom donné à l'Incréé est secondaire : c'est bien de cela qu'il s'agit.

« Pour s'éloigner de soi, il est généralement considéré qu'il faut qu'un individu se donne. En effet, se donner, se consacrer, se sacrifier, c'est le seul moyen de s'oublier, et donc de renaître symboliquement dans l'ordre cosmique.

« La nature étant ce qu'elle est, les nations civilisées ont donc institué la famille comme cellule de la société, considérant que l'homme se donne en nourrissant sa famille par son travail, que la femme se donne en enfantant, et que l'enfant se donne en entretenant la piété filiale. Ce modèle doit être préservé, puisque jusqu'à nouvel ordre, il est le seul possible.

« En conséquence, la liberté individuelle n'a de sens que dans les limites de la morale et le divorce devrait être impossible pour les couples ayant des enfants à charge. »

Choquant, non ?

*

L'étatisme inverse immanquablement tout ce que les étatistes entendent promouvoir, comme si l'État, à haute dose, fabriquait en quelque sorte une antimatière double de la matière qu'il produit.

Prenez la solidarité : les étatistes de gauche entendent utiliser l'État pour la promouvoir. Résultat : l'État, monstre froid, s'empare de la solidarité. Il l'organise, il la canalise, il la rationalise. Résultat du résultat : les citoyens perdent jusqu'à l'idée d'être solidaires par eux-mêmes – les sociétés fortement étatisées présentent toutes la même singularité : un effondrement du vivre ensemble, une disparition à peu près complète du réflexe de charité. Résultat du résultat du résultat : pour compenser la disparition du réflexe de charité, des associations subventionnées entreprennent de le ressusciter artificiellement – si bien qu'elles achèvent de confisquer les instruments de la solidarité, et étendent le périmètre de l'action publique aussi loin qu'il est possible. Pour finir, l'homme ordinaire se pense en référence à une totalité abstraite – l'État – qui lui masque l'existence des autres hommes – c'est la fin de toute solidarité.

L'État, monstre froid, refroidit tout ce qu'il touche.

*

Il est tout à fait impossible de continuer à appeler le machin bruxellois : « l'Europe ». Il faut lui trouver un autre nom, un nom qui lui aille. Je propose, au choix : Euroturquie, Greater Belgium, l'Empire du Rien – ou, pour montrer que j'ai lu Dantec et que je lui paye mes dettes, malgré tout ce qui me sépare du personnage : Zéropa.

Ma préférence va au concept de Greater Belgium, tant le projet bruxellois me semble correspondre, en somme, à l'extension de l'idée belge à l'ensemble du continent. La Belgique était un machin inventé par les Anglais pour emmerder les continentaux, l'Europe de Bruxelles est devenue, semblablement, la kommandantur européenne de l'Organisation Mondiale du Commerce. Ça ressemble, non ?

*

Un jour, un poto m'a dit :

« L'exception française existe. Chez nous, les responsables ne sont jamais coupables. La preuve…

« Bernard Ebbers, PDG de World Com : une bonne décennie derrière les barreaux.

"Jeffrey Skilling, boss d'ENRON : idem.

« Jean-Marie Messier, le très médiatique patron de Vivendi Universal ? – Pas de nouvelles.

« Antoine Zacharias, patron de Vinci, l'homme qui valait on ne sait plus combien de millions d'euros ? – Pour l'instant, tout va bien.

« Noël Forgeard, patron d'EADS, vend ses stock-options juste avant la chute de l'action... pas de nouvelles, bonnes nouvelles.

« Ne nous plaignons pas : pour l'instant, ils n'ont pas encore fait trinquer les lampistes. Ça viendra, vous verrez. Ça viendra... »

J'ai trouvé qu'il charriait, mon poto. Moi, je n'oserais jamais tirer des conclusions aussi rapides.

*

Le fascisme est défini généralement comme une idéologie prônant l'établissement d'un régime totalitaire préservant les structures du capitalisme. Traditionnellement, ce régime totalitaire était caractérisé par une sacralisation de l'État et une esthétique machiste.

Cependant, voici qu'un nouveau fascisme survient. Le néolibéralisme crée de fait les conditions du totalitarisme, nous en avons la preuve sous les yeux presque quotidiennement ; et il préserve bien évidemment les structures du capitalisme – mais à l'opposé du fascisme de grand-papa, il s'accompagne d'un effacement à peu près complet de l'État et d'une féminisation des classes dominées.

Question : le néolibéralisme est-il un fascisme ? – À mon avis, oui, en dépit du mal qu'il se donne pour inverser les traits extérieurs du fascisme.

*

Un des principaux « trucs » utilisé par le pouvoir pour interdire la critique politique au plein sens du terme : nous déshabituer à penser en fonction des catégories fondatrices du sens, et donc, en sens inverse, nous habituer à penser en fonction de catégories fausses, biaisées, susceptibles de nous induire en erreur. Le plus souvent, la méthode retenue consiste à instituer artificiellement une catégorie dans un champ de référence qui n'est pas le sien.

Par exemple : la « femme », comme fausse catégorie *politique*.

« La femme » est une catégorie biologique, mais ce n'est pas une catégorie politique. Ni par rapport aux enjeux de classe, ni par rapport aux enjeux ethniques – ni même, au fond, par rapport à la question des relations entre les sexes.

Démonstration…

Les femmes riches n'ont pas besoin des hommes. C'est pourquoi, de leur point de vue, il peut s'agir de s'en libérer – en apparences, du moins. Les femmes pauvres, à l'inverse, ont besoin des hommes – quand on n'a qu'un salaire, élever des gosses, c'est dur. C'est pourquoi, du point de vue de ces femmes-là, il ne s'agit pas de se libérer des hommes, mais bien de se les attacher.

Même constat pour d'autres catégories, fort nombreuses. Un certain discours faussement antiraciste, en réalité communautariste, nous a habitué à considérer que « les Noirs » ou « les arabes » constituent des catégories politiques, alors que ce sont des catégories biologiques, dans le cas des Noirs, culturelle, dans le cas des « arabes ». Un certain discours écologiste faussement politique amalgame les otages du système productiviste/consumériste et ses promoteurs, regroupés artificiellement sur le plan économique et politique sous un même label, « pollueur », catégorie qui n'est fondatrice du sens que dans le champ écologique proprement dit. Etc. etc.

À l'avenir, à chaque fois que vous constaterez qu'une catégorie est utilisée hors de son champ de référence, soyez sur vos gardes : c'est qu'on s'apprête à vous faire prendre des vessies pour des lanternes.

*

Les féministes sont les seules personnes qui réussissent à me rendre les islamistes sympathiques. Et réciproquement.

*

« Bientôt, nous aurons droit à des séjours éducatifs dans le cadre de programmes de réinsertion pour les citoyens trop peu festifs. Cela se passera dans de vastes espaces ludiques. Il y aura des danses africaines, des tambours et des échassiers, le soir un concert de rap. À la fin de chaque session, on vérifiera si les citoyens rééduqués sont heureux. Ceux qui seront règlementairement heureux se verront remettre un bon pour un mois de vie. Les autres seront envoyés dans une chambre à gaz, ce qui est le moins qu'on puisse faire pour abréger leurs souffrances. »

Cela dit en souvenir de Philippe Murray.

*

Un être purement rationnel est forcément fou.

Démonstration...

Point un : un être n'est raisonnable que s'il admet tous les aspects du réel. S'il en refuse un seul, il cesse d'être raisonnable.

Point deux : la folie fait partie du réel.

Point trois : un être purement rationnel ignore la folie.

Donc un être purement rationnel est déraisonnable, c'est-à-dire fou.

De là : la rationalité consiste en l'exclusion de la folie. La raison consiste au contraire en un *dépassement* de la folie – et l'on ne peut dépasser que ce que l'on a *compris*.

Par analogie : il faut être un peu nationaliste pour être réellement internationaliste, il faut être un peu autoritariste pour être réellement libertaire, il faut être un peu intolérant pour être réellement tolérant, il faut être un peu pervers pour être sain, il faut être un peu tapette pour être hétéro, etc. etc.

*

Franc-maçonnerie : « Société de pensée promouvant la liberté d'esprit, la conscience, la responsabilité la fraternité entre tous les hommes, guidés, éclairés, par le débat sans contrainte etc. etc. »

Blabla.

Un ami à moi a été approché, il y a quelques années, par un franc-maçon – genre « Libre pensée », si j'ai bien compris. Dans un premier temps, le type lui a fait un sketch sur le thème « tu es cool, je vais te présenter chez les planeurs. » Mon pote lui a répondu, en substance, qu'il n'était pas client de la partouze. Le mec insista : « Tu as besoin de rencontrer des esprits libres pour t'ouvrir aux autres, nani-nanère ». Comme le poto persistait dans son refus, le discours se fit de plus en plus précis : « Ecoute, tu peux rencontrer des tas de gens que tu fréquentes ensuite sur le plan professionnel, et crois-moi, quand tu connais personnellement les gens qui sont tout en haut de la hiérarchie, en termes de carrière, ça n'a plus rien à voir – et ça, c'est vrai dans n'importe quelle grosse boîte, dans n'importe quelle administration... ». Le gugusse n'a pas osé ajouter : « nous sommes partout », mais enfin, l'esprit y était...

Pour finir, comme mon pote continuait à le snober, le mec se lâcha complètement. Ça donnait quelque chose comme : « Écoute, cette société, c'est une énorme assiette au beurre. L'important, c'est de s'accrocher au bord de l'assiette : après, il suffit de plonger, et tu te goberges... »

Voilà, voilà.

*

« Il faut simplifier le Français, parce que c'est une langue difficile à apprendre. »

Apparemment, il ne vient à l'idée de personne que ce puisse être une bonne chose que notre langue soit difficile à apprendre. Et pourtant... On sait que l'ontogenèse du néocortex dépend en grande partie de l'intensité des exercices auquel le jeune cerveau est soumis. Devoir apprendre une langue complexe est donc un avantage en termes éducatifs, parce que cela oblige le bambin à faire marcher ses méninges, dès les premières années. Devoir apprendre une langue compliquée, subtile, précise, particulièrement bien adaptée à la conceptualisation et au rendu des nuances temporelles, voilà qui forme des esprits eux-mêmes subtils, précis, et capables de conceptualiser.

Il est vrai que cela forme aussi des citoyens compliqués et des électeurs à bonne mémoire. Raison, sans doute, pour laquelle notre classe dirigeante fait tout ce qu'elle peut pour nous désapprendre l'amour de notre langue.

*

Ma définition personnelle du franchouillard...

« Je ne veux pas que les musulmans puissent s'installer en France. Notre pays est chrétien, il doit le rester ! »

« Excusez-moi, mais... vous êtes croyant ? »

« Non, pourquoi ? »

*

Le Front National n'existe pas – raison pour laquelle il est indestructible.

C'est quoi, un électeur Le Pen ? – c'est un mec qui en a marre de payer des impôts pour engraisser les parasites d'en haut, genre inspecteur des finances, et les parasites d'en bas, genre immigré à trois femmes, quinze gosses et un boulot bidon. Dans certains cas, cette réaction d'exaspération se double d'une inquiétude raisonnée, relativement au sort des populations françaises « de souche » dans une France future devenue majoritairement africaine.

Presque toujours, quand on discute avec un « facho », on trouve à l'origine de sa « conversion » la confrontation directe avec les conséquences réelles des politiques aberrantes poursuivies depuis trente ans – tout le monde connaît la blague : « C'est quoi un électeur Le Pen ? » – « Un communiste qui s'est fait voler son autoradio ! »

Sur dix électeurs Le Pen, c'est le bout du monde si vous en trouvez un qui sache ce qu'est le programme de ce parti – ou même simplement qui s'en préoccupe. Le FN n'est pas un parti politique, c'est une étiquette, un étendard – *un point de ralliement*.

*

Les universalistes béats qui rêvent d'abolir les frontières sont, sans le savoir, les harkis des oligarchies. Pour que la souveraineté populaire trouve à s'exercer, il faut en effet qu'elle ait un lieu pour cela. Ce lieu, c'est évidemment le pays – un espace circonscrit par des frontières.

Les universalistes béats servent la soupe aux oligarques, et en plus, ils s'imaginent qu'ils sont subversifs. Une grande partie du problème vient de ces niais. Souhaitons qu'ils s'en prennent plein la gueule à brève échéance – cela les réveillera, parce qu'ils sont naïfs, mais pas forcément cons.

*

On peut tourner le problème dans le sens qu'on voudra : si les corps des fœtus étaient aussi grands que ceux des hommes faits, la fumée au-dessus des cliniques d'avortement puerait autant que celle qui planait, jadis, sur Auschwitz ou Buchenwald.

*

Il y a des gens que les renoncements successifs du PC » F », depuis 1981, étonnent encore. De quoi s'étonnent-ils ? – La direction du PC » F » n'a jamais hésité à trahir sa base.

Exemple…

« Nous sommes le parti des fusillés ».

Voilà ce que disaient les dirigeants du parti communiste dit français, en 1944. Ce n'était d'ailleurs pas tout à fait faux. Sachant parfaitement qu'ils avaient des choses à se reprocher – période du pacte germano-soviétique, négociations de Duclos avec les autorités d'occupation allemande en 1940 – les dirigeants communistes décidèrent, à la libération, de mettre le paquet. C'est-à-dire qu'ils organisèrent des opérations sanglantes et spectaculaires – *dont l'objectif était d'avoir des pertes*, afin de pouvoir ensuite revendiquer un grand rôle dans la libération du pays – et puis c'était, en passant, l'occasion de purger ni vu ni connu un appareil militant un peu trop indépendant.

On notera, au passage, que cette dégueulasserie s'est faite en dernière analyse sur le dos des militants communistes « de base », dont beaucoup, en 1943-1944, furent absolument héroïques.

C'est une longue tradition, au PC » F », que de trahir la base pour sauver l'appareil.

*

« L'article à la mode : le gilet pare-balles ! »

« Oh, quand même, vous exagérez... »

...

« Voyons, les émeutes de novembre 2005 ont impliqué environ 50.000 personnes, selon les estimations. Or, moins de la moitié des quartiers sensibles ont bougé, et encore, pas les pires. Si tous les quartiers avaient bougé en même temps, on aurait donc eu plus de 100.000 émeutiers. Et si la situation avait dégénéré, il est probable qu'ils auraient été rejoints par de nombreux hésitants – ce qui aurait doublé, ou même triplé leurs effectifs.

« Nous savons par ailleurs qu'il y a, sur le territoire français, de 10.000 à 20.000 djihadistes plus ou moins motivés, et qui ne se recoupent pas du tout avec les émeutiers – mais qui peuvent mettre à profit une situation de troubles civils. Et nous savons également qu'il existe des filières de trafic d'armes depuis la Bosnie et le Kosovo – merci l'OTAN.

« Nous savons également que la république française va se trouver en quasi-cessation de paiement dans le courant de la prochaine décennie – sauf à sortir de l'Euroland. Et nous savons que plusieurs millions de personnes 'en galère' ne tiennent le coup que grâce aux aides sociales – en particulier dans les riantes banlieues qui nous ont valu la sauterie du ramadan 2005.

« Je réitère mon conseil : achetez un gilet pare-balles. Y en aura pas pour tout le monde. »

*

Il existe plusieurs « gauche ».

J'en vois trois au moins : la gauche révolutionnaire, la gauche réformiste et la gauche « métaphysique ».

Cette troisième gauche a tendance, actuellement, à prendre une place tout à fait disproportionnée. Cela vient du fait que les intellectuels de gauche ne peuvent plus se dire révolutionnaires depuis qu'on sait les catastrophes soviétiques, et qu'ils ne veulent pas non plus s'avouer réformistes, maintenant que le réformisme est devenu le cheval de Troie du capital mondialisé. La gauche « métaphysique » sert donc de refuge à tous ceux qui veulent continuer à se dire « de gauche », alors qu'en réalité, ils ont totalement cessé de vouloir agir.

D'où les diverses déclinaisons de cette gauche-là : morale, culturelle – des poses, en réalité.

*

La gauche française « vraiment à gauche » est aujourd'hui en grande partie constituée de gens qui veulent faire le Bien – des écolos qui veulent sauver la planète grâce au développement durable, des altermondialistes qui veulent construire un « autre monde », etc. Ces types sont à mon avis définitivement sortis de l'Histoire, parce que pour écrire l'Histoire, il faut précisément assumer le Mal – énoncer le Négatif, assumer la part d'ombre, traverser un Faux moment du Vrai.

Cette gauche « métaphysique », qui veut faire le Bien, est en réalité incapable de faire face au réel, à sa trivialité, à sa brutalité. En face du néo-libéralisme, les « de gauche » se comportent comme les dames patronnesses du XIX° siècle face au capitalisme sauvage – ils ne savent tout simplement plus comment établir un rapport de force – en fait, ils haïssent la force. Incapables de construire une antithèse, ces gugusses se rattrapent en singeant les révoltés de jadis. S'ils se baladent en tee-shirt Che Guevara, c'est pour ne pas avoir à s'avouer leur capitulation complète. Ils sont d'un « bonisme » pathétique, d'une fatuité sidérante – dans leur conviction infantile d'être le Bien, ils n'hésitent pas à ranger tout contradicteur tenace dans la catégorie des esprits faibles. Au vrai, ce sont des tartuffes, des petits bourgeois jouisseurs qui posent au révolutionnaire pour se donner bonne conscience. Le fond de l'affaire, c'est presque toujours qu'ils rêvent de se ranger dans le camp des exploiteurs – voilà leur motivation secrète. Mais comme ils sont dénués de toute virilité – féminisation oblige – ils n'osent pas s'avouer leur appétit de domination. Voilà les « derniers hommes » annoncés par Nietzsche – c'est pas beau à voir.

Si encore ils mettaient de l'imagination dans leur ignominie ! Mais ce sont de médiocres médiocres ! Leur niveau général est affligeant – de cela, je puis témoigner pour avoir longuement tenté de dialoguer avec eux. Leur compréhension des faits sociaux s'arrête généralement à leur propre expérience – c'est-à-dire fort peu de choses. Fait stupéfiant : ils disent qu'ils aiment la liberté, et s'indignent de ce que l'État ne les assiste pas toute leur existence. À aucun moment, la contradiction ne les trouble. Quant à leur perception du poids des déterminations objectives dans les trajectoires humaines, elle est constamment brouillée par l'emprise de leur moralisme mollasson. Essayez d'expliquer à un militant « de gauche » qu'en défendant les « sans papier », il contribue à mobiliser l'armée de réserve du capital – la main d'œuvre immigrée, taillable et corvéable à merci. Il ne vous répondra pas. Le réel l'empêchant de se réfugier dans une posture morale, il choisira de l'ignorer.

De profundis « la gauche » – elle peut encore revenir « aux affaires » : elle n'y fera rien.

*

Selon les espèces, les sexes sont plus ou moins différenciés. Par exemple, chez les chiens, il est presque impossible de distinguer le mâle et la femelle, si l'on ne voit pas les organes génitaux. Chez les chats, c'est pareil.

Dans l'espèce humaine, la distinction entre homme et femme est en revanche presque toujours possible au premier coup d'œil. En fait, chez l'homme, il y a deux « morphotypes » physiques bien distincts – et il en va de même sur le plan intellectuel, le fonctionnement du cerveau féminin étant sensiblement différent de celui du cerveau masculin – le corps calleux, qui relie les deux hémisphères du néocortex, est sensiblement plus dense chez les femmes que chez les hommes, d'où en moyenne une intelligence plus émotionnelle, moins déductive.

Cette très grande différence entre les sexes n'est nullement le résultat d'une quelconque oppression masculine. Elle est le produit des contraintes spécifiques qui pesaient sur l'espèce humaine. Du fait de la longueur exceptionnelle du sevrage, de la longue période de grossesse aussi, la spécialisation des sexes était nécessairement plus grande dans notre espèce que chez la plupart des grands mammifères. Sur environ dix mille générations, le porteur du chromosome Y a donc été sélectionné pour son aptitude à chasser, pendant que le porteur de la paire XX l'était pour son aptitude à materner. Le même constat existe bien sûr pour tous les mammifères, mais à un niveau bien moindre.

Les genres, construction sociale, n'ont jamais été historiquement que le système de codage par lequel la société humaine organise cette dichotomie fondamentale de l'humain, l'insère dans un certain système social, en vue de promouvoir un certain modèle. C'est pourquoi le féminisme, qui prétendit jadis abolir les genres comme construction sociale, s'est par la force des choses réduit à une machine de guerre des femmes contre les hommes : il s'agit de moins en moins d'abolir les genres, et de plus en plus de les redéfinir dans un sens qui correspond aux intérêts des femmes.

En dernière analyse, entre les hommes et les femmes, la remise en cause d'un rapport de forces existant ne peut aboutir qu'à l'instauration d'un rapport de forces renouvelé. Le reste, c'est du blabla, hors le cas particulier des emmerdeurs qui, amoureux, *dépassent* le rapport de forces.

*

En fin de comptes, le Goulag soviétique aura servi à justifier tous les excès du capitalisme. Quoi que nous inflige le Capital régnant, ses thuriféraires pourront toujours prétendre que « c'est quand même mieux que le Goulag » – et le pire, c'est qu'ils auront raison.

Etant donné que les apparatchiks communistes ont maintenant rejoint l'oligarchie ultra-libérale, en Chine en particulier, mais aussi indirectement en Russie, on peut se demander si ce n'était pas le véritable objectif, depuis le début – en toute inconscience, bien sûr.

*

« Ce qui se passe en banlieue en ce moment, c'est le début d'une guerre civile. »

« Pas du tout, il ne s'agit que des exactions d'un sous-prolétariat particulièrement violent. »

Faux débat.

La guerre, dans la tradition africaine, c'est une affaire de razzias. L'armée, c'est une horde. Le commandement est exercé par l'exemple, la discipline est l'affaire de chaque tribu. Une fois qu'on a compris cela, on a compris que pour les Africains, *la guerre et le banditisme ne sont pas des activités distinctes.*

*

L' » homophobie » : un double malentendu qui finit par dire le vrai.

Je m'explique…

Premier malentendu :

Homo : du Grec, « semblable ».

Phobie : du Grec aussi, « peur ».

Donc, « homophobe » ne devrait logiquement pas vouloir dire « qui déteste les tatas », mais « qui a peur de ce qui lui ressemble ».

Deuxième malentendu :

En général, on s'imagine que ce sont les hétéros purs et durs qui virent « homophobes ». Erreur : pour avoir un peu fréquenté les milieux d'extrême droite, je peux vous garantir que parmi les gros costauds à crâne rasé qui cassent du pédé, il y a une majorité de… pédés.

Des tantes qui n'assument pas, bien sûr. Ils se la jouent tombeurs de ces dames, en général. Mais en réalité, ces mecs sont littéralement terrifiés par la féminité. Il suffit de prononcer devant eux le mot « vagin » pour qu'ils rentrent la tête dans les épaules. Ces types sont fascinés par le bout de chair qui leur pend entre les pattes. Tellement fascinés, en fait, qu'ils voient dans leur phallus une arme, l'arme par excellence, même, et donc un axe autour duquel construire une esthétique de la force. D'où, en contrepartie, un besoin d'adolescence, une attirance spontanée pour le corps masculin encore jeune – toute obsession phallique comporte son revers anal.

Le résultat comique de ce double malentendu, c'est qu'involontairement, le lobby tataphile a donc inventé un signifiant adapté à son signifié : l' » homophobie » est bien souvent *la peur du semblable*, effectivement.

*

Depuis 30 ans, les classes populaires crèvent. Et depuis 30 ans, les cadres se font les soutiers du système qui les fait crever. Pendant une génération, amis cadres, nous avons consommé des produits fabriqués en Chine par des esclaves, et en plus, vous vous êtes donné des airs, ô mes frères de classe ! – Combien, parmi vous, ont traité les prolos de fachos ?

Maintenant, nous autres cadres allons morfler, parce que l'immigration « choisie » va concerner prioritairement les travailleurs intellectuels. On va les voir, bientôt, les antiracistes bien-pensants, les cadres et cadrettes bien propres sur eux, qui crachaient sur le prolo raciste, fasciste et xénophobe ! On va voir leur gueule à tous ces cons quand le patron filera leur boulot à un informaticien indien. Ils vont couiner, les bichons.

Bien fait ! – Il y a une justice, après tout.

*

« On ne peut pas lutter contre l'immigration clandestine, c'est une fatalité. »

« Mais si, on peut. Tiens, tu connais le nombre de clandestins en Corée du Nord ? »

« ... »

*

Chose vue dans ma banlieue, pendant les émeutes de novembre 2005.

Epicerie, patron vietnamien minuscule, client grand Noir très noir. Visiblement, les deux hommes se connaissent.

L'épicier : « Alo', ils t'ont biulé ta voitu' ? »

Le client : Non, a pas brrrûlé voâturrr. Mais démain, hein ?

L'épicier : Quels conna's, hein ?

Le client : Ah oui, quelle bande de connarrrrrrds !

Pendant ce temps-là, la presse bien-pensante prenait fait et cause pour les émeutiers – qui incarnaient, d'après la Pravda des bobos, la « révolte des quartiers ».

Et après ça, on s'étonne que j'aie envie de casser du journaleux.

*

J'en ai assez d'entendre dire que les présentateurs télé et autres philosophes médiatiques ont des idées. Il est temps de donner leur vrai nom à ces gens : ce sont des infrachiens médiatiques.

J'explique…

Prenons le clerc retourné – c'est-à-dire l'intellectuel qui met ses capacités sophistiques au service du pouvoir. Nous disons que cet intellectuel retourné est un chien de garde.

Un sous-intellectuel retourné est donc un infrachien de garde.

CQFD

*

Pendant l'opération du Kosovo, un « beauf de gauche » m'a dit : « C'est bien fait pour les Serbes. Ils étaient contre les droits de l'homme. » J'attends avec impatience le jour où, dans la région d'origine de ce « beauf », l'islam sera majoritaire. J'attends avec encore plus d'impatience le jour où, à la faveur d'une crise internationale majeure, un parti islamiste surgira et remportera les élections. J'attends surtout le jour où le « beauf » en question devra choisir, comme jadis les Serbes du Kosovo, les Pieds-Noirs en Algérie ou les Chrétiens d'Irak, entre la valise et le cercueil. Nous verrons alors s'il respecte les droits de l'homme, le « beauf de gauche ».

*

Eté 2003. Les intermittents du spectacle sabotent les festivals à cause d'une réforme de leur régime d'assurance chômage, ultra déficitaire mais très avantageux.

Entendu sur une radio, l'interview d'un intermittent du spectacle, en grève contre cette réforme. Il se plaint qu'on veuille faire « crever la culture ». Sur un ton geignard, il explique que le gouvernement fait preuve de mépris en refusant de négocier. Il ajoute qu'à son grand étonnement, les bénévoles du Puy du Fou ont refusé non seulement de se joindre au mouvement, mais même de discuter.

A aucun moment, ce personnage ne semble réaliser que l'argent qu'il demande, si on le lui donne, il faudra forcément le prendre à quelqu'un. À aucun moment, il ne réalise que les bénévoles du Puy du Fou travaillent, le reste de l'année, pendant qu'ils ne sont pas en train de monter leur spectacle. À aucun moment, ce gugusse ne mentionne le fait que dans notre pays, il y a aujourd'hui des milliers de chômeurs en fin de droit qui ont du mal à se nourrir correctement, ou pire, à nourrir correctement leurs enfants. À aucun moment, ce représentant syndical n'ose aborder de front la question de l'instrumentalisation du statut des intermittents par les sociétés de l'audiovisuel, y compris celles travaillant pour l'audiovisuel public. À aucun moment, il ne se demande comment le « mouvement » de sa corporation peut être ressenti par des millions de Français qui travaillent, et qui sont obligés de cotiser pour lui.

À ce niveau d'inconscience, on frise l'obscénité. Ce n'est même plus de la schizophrénie. Pour être schizophrènes, il faudrait que ces gens-là aient au moins une part d'eux-mêmes qui reste en contact avec la réalité. Les fonctionnaires, qui savent une réforme nécessaire mais prient pour qu'elle ne leur tombe pas dessus, sont schizophrènes. Les débitants de tabac, qui savent qu'ils vendent du poison mais veulent continuer à gagner leur vie, sont schizophrènes. Tous ces gens-là essayent de se débrouiller, comme ils peuvent, voilà tout. Pour les intermittents du spectacle, c'est différent. À leur niveau d'inconscience, on est bien obligé de parler de démence pure et simple.

Ces gens sont dangereux. Ils ont cessé de penser. Ils confondent leur monde intérieur et le monde extérieur. Pour eux, n'est nommable que ce qui est conforme à leur idéologie, et n'est réel que ce qui est nommé. Ils sont l'équivalent populaire de l'énarque inspecteur des finances, enfermé dans sa bulle technocratique. Eux sont enfermés dans une bulle idéocratique sans prétention technicienne – pour le reste, c'est la même démence.

*

L'internationalisme n'est pas le contraire du nationalisme, mais son dépassement. Il est nécessaire que le nationalisme survienne, pour que l'internationalisme devienne pensable.

Le mondialisme, par opposition, procède du démantèlement des nations, qui rend impossible la conscience collective nationale, et rend donc également impossible son dépassement. Pour ne pas l'avoir compris, les « internationalistes » de gauche sont en train de crever à petit feu.

Quant aux altermondialistes, ils sont justement chargés de poursuivre et d'amplifier la déconstruction des nations – sous couvert d'internationalisme, bien entendu.

*

« Tout musulman est un islamiste, donc un terroriste en puissance ! »

« Pas du tout ! Les musulmans sont pacifiques. Seuls les islamistes veulent conquérir le monde. »

Ces deux assertions sont fausses, et l'une et l'autre. Plusieurs lignes de clivages se chevauchent à l'intérieur de l'islam, aucune ne recoupe la distinction artificielle entre musulmans et islamistes.

La plus importante de ces lignes de fracture sépare en réalité les musulmans dans la Tradition et ceux qui en sont sortis. Cette fracture-là permet de comprendre certaines des dynamiques en cours. En général, les musulmans traditionnels ne sont pas violents à la manière des islamo-terroristes. Ils ne « spectacularisent » pas la violence. C'est que pour eux, l'islam est une religion – il n'a pas vocation à transfigurer directement le monde, il agit sur l'homme intérieur. Les musulmans sortis de la Tradition, au contraire, transforment volontiers leur religion en idéologie – et c'est bien de leur côté qu'on trouvera les terroristes, en règle générale. Cependant, ces mêmes musulmans dessinent aussi, parfois, l'esquisse d'un islam rénové, adapté aux sociétés sécularisée – c'est-à-dire que la dynamique qui porte le terrorisme porte aussi l'occidentalisation.

On voit bien, à l'aune de cette très rapide analyse, que le clivage islamiste / musulman modéré ne signifie rien, qu'il n'est pas fondateur des catégories opératoires. Elle ne signifie rien, cette cartographie de l'Oumma dont on nous rebat les oreilles – musulmans islamistes d'un côté, musulmans modérés de l'autre. Elle ne permet pas de discerner les véritables enjeux.

Quand on me parle de musulmans modérés, j'imagine toujours un muezzin psalmodiant que Dieu est modérément grand.

*

Depuis le 11 septembre 2001, les médias nous bassinent avec une organisation nommée « Al-Qaïda », c'est-à-dire « la base ». Le problème, c'est qu'il n'existe aucune organisation de ce nom.

Je m'explique...

Le fait est que le terrorisme existe – voilà au moins un fait que personne ne peut contester. Et le fait est également que de toute évidence, il est relativement organisé – il faut bien qu'il y ait un minimum d'organisation pour entreprendre des actions d'envergure. Pour autant, d'après les rares spécialistes à peu près objectifs, il n'existe aucune organisation nommée « la base ». Et il n'a jamais rien existé de tel, même avant la chute du régime des Talibans. Il y a certes des « comités » régionaux, plus ou moins dirigés par des leaders charismatiques, mais il ne faut pas concevoir ces comités comme les organes décisionnels d'une organisation stable. Ce sont des lieux de discussion, de coordination, entre gens qui n'admettent aucun lien de subordination d'aucune sorte, et qui n'ont jamais formellement adhéré à quoi que ce soit.

Comment une organisation inexistante peut-elle agir ?

Certains commentateurs parlent de la « mouvance terroriste ». C'est déjà un peu moins faux que « l'organisation Al-Qaïda ». C'est un peu moins faux, mais pas tout à fait exact. Une mouvance, au sens féodal du terme, c'est encore une entité organique, un ensemble dont l'entropie est inférieure au chaos primordial, une construction certes souple, mais tout de même appuyée sur un réseau de suzerainetés en pyramide. Or, toujours d'après les spécialistes, il n'existe rien de tel dans l'univers islamo-terroriste. Chaque groupe est autonome, et si certains individus possèdent un prestige leur permettant d'appeler à entreprendre une action donnée, on ne peut pas pour autant parler d'un lien de vassalité, ou de quoi que ce soit qui rappelle même de très loin une relation hiérarchique contraignante. Une fois les groupes constitués, ils sont relativement libres de passer à l'acte, sous réserve qu'un individu prestigieux ait au préalable lancer une « fatwa » justifiant leur action.

En fait, même si la comparaison est un peu obscène, il faut bien dire que le phénomène de masse qui rappelle le plus le fonctionnement de l'univers terroriste, c'est le *mouvement de mode*. Il y a des leaders, des figures charismatiques, une image générale qui est pour l'essentiel véhiculée par les médias, un effet d'entraînement manifeste au sein des groupes de jeunes influençables, et comme pour achever le parallèle, une identité de raccroc qui sert de cache-misère aux déracinés de la mondialisation…

Pas de doute : Al-Qaïda fonctionne sur le modèle du marketing viral. Ses antennes locales sont des franchises. L'islamo-terrorisme, c'est une marque. C'est un *virus*.

D'où ce constat intéressant : nous ne connaissons peut-être pas le vrai coupable. Nous savons qui a été contaminé. Mais nous ne savons pas qui a *fabriqué* le virus.

*

Israël = SS ? – Faudrait quand même arrêter le délire…

D'accord, parmi les sionistes, il y a des extrémistes fascisants, racistes et pour tout dire très cons. D'accord, la stratégie de grignotage poursuivie par les juifs en Cisjordanie n'est pas particulièrement glorieuse. D'accord, Israël n'est pas au-dessus de tout reproche.

Seulement de là à comparer la politique israélienne et celle du Troisième Reich, il y a de la marge.

Tout d'abord, si Israël décidait vraiment une « solution finale de la question palestinienne », il aurait tout à fait les moyens militaires de la mener à bien – rappelons que l'armée israélienne possède, d'après les spécialistes, la bagatelle de 200 têtes nucléaires. Par conséquent, si Israël ne procède pas à un massacre, c'est parce qu'il n'entend pas y procéder. Il y a retenue dans l'usage de la force.

Ensuite et surtout, on oublie trop souvent que la violence d'Israël est *la violence du faible*. À long terme, en effet, étant donné le différentiel de natalité entre juifs et musulmans, la submersion de l'État hébreux semble inéluctable s'il ne prend pas des garanties pour sa survie. Israël, c'est le syndrome de Massada – il serait bon de s'en souvenir, tout de même, avant de porter des jugements à l'emporte-pièce.

*

« Les entreprises appartiennent à leurs clients. »

« C'est la pub qui fait vivre la presse – et pas la vente en kiosque ! »

Bref, les journaux appartiennent aux annonceurs.

*

Derrière une conception de la justice, il y a forcément un certain rapport au temps et à l'espace. Et derrière ce rapport au temps et à l'espace, il y a la nature de l'Etre tel que nous nous le représentons.

Exemple...

Soit deux hommes, que nous appellerons l'Économe et le Généreux. Admettons que le pays de ces deux hommes soit envahi par des réfugiés, pauvres et nombreux. Admettons que l'Économe plaide pour que le pays ferme ses frontières, au motif qu'il a peur pour ses richesses. Admettons que le Généreux défende la position inverse, faisant valoir qu'on ne peut fermer la porte aux persécutés. À votre avis, lequel de ces deux hommes mérite-t-il d'être appelé « le Juste » ?

Imaginons maintenant que le Généreux a imposé son point de vue. Le riche pays s'est ouvert aux réfugiés innombrables. Ceux-ci se sont répandus dans les villes et les campagnes, ils se sont remis de leurs fatigues. Leurs enfants, plus nombreux même que ceux des habitants du pays, ont grandi en force et en audace. Vient le jour où ces réfugiés, désormais majoritaires dans le pays, ont à décider du traitement qu'ils réserveront à ceux qui les ont jadis accueillis. Quelle décision prendront-ils ? Ma foi, la seule chose qu'une majorité ne puisse pardonner à une minorité, c'est d'être en dette envers elle...

Admettons donc, pour les besoins du récit, que les réfugiés, devenus majoritaires, chassent les anciens habitants du pays. Imaginons ceux-ci, les descendants de l'Économe et du Généreux, errants à travers les pays avoisinants, misérables, chassés de tous côtés. Quel jugement porteront-ils sur leurs ancêtres, l'Économie et le Généreux ? Lequel de ces deux anciens appelleront-ils « le Juste » ? Duquel des deux conserveront-ils le pieux souvenir ?

Moralité : la justice est d'abord une affaire de point de vue. Le Généreux entendait se montrer juste dans l'instant, il était donc sensible aux réalités présentes. L'Économe, quant à lui, ne pouvait manquer de passer pour un égoïste – et sans doute était-il effectivement égoïste. Mais en l'occurrence, son égoïsme était également juste, puisqu'en défendant ses richesses, il protégeait le patrimoine de ses descendants. Inconsciemment, en refusant de donner sans contrepartie, en se méfiant de l'étranger, en relativisant le devoir d'hospitalité, il défendait non seulement son intérêt propre, mais aussi celui de sa lignée. En dépit des apparences, il n'était donc pas moins juste que le Généreux.

Simplement, sa justice était autre, elle s'inscrivait dans un autre paradigme.

Derrière ces deux attitudes devant les hommes, il y a donc deux conceptions de l'Etre. Derrière ces deux justices devant les hommes, il y a deux justices devant Dieu.

*

Kriegsgefahrzustand. Vous connaissez ce mot allemand à coucher dehors ? – Non ? – Franchement, ça ne m'étonne pas...

« Kriegsgefahrzustand » est le terme barbare par lequel l'Allemagne, en 1914, définissait l'état de mobilisation partielle préalable à la mobilisation générale. On peut le traduire par : état de danger de guerre.

C'est à peu près comme cela que je définirais l'état des esprits libres, en France, en 2006, face aux tentations totalitaires grandissantes de l'oligarchie au pouvoir. Pour l'instant, nos maîtres n'osent pas vraiment suspendre les libertés démocratiques. Ils nous entretiennent dans un « état de danger de guerre ».

*

La vraie nature des « gaugauchistes » ? – La lâcheté.

Illustration….

Mars 2005. Manif des lycéens. Ils sont 8.000, ou à peu près. Avec sans doute quelques centaines de costauds pour faire le service d'ordre. À la sortie, ils se font collectivement « bolosser », c'est-à-dire brutaliser, par 1.000 casseurs, sans doute violents mais semble-t-il pas armés.

Sur les 8.000 manifestants, admettons qu'il y ait eu 4.000 gonzesses. Admettons qu'elles n'ont pas la vocation de la baston, les greluches. Sur les 4.000 velus, jeunes et donc en bonne santé, on avait au moins 3.000 mecs aptes au combat, non ?

Pouvez-vous m'expliquer comme 1.000 mecs peuvent décider d'agresser 3.000 mecs et s'en sortir sans une égratignure ? – Car il n'y eut, de la part des gaugauches, aucune résistance – aucun simulacre de résistance, même.

À l'aune de cette réalité, on comprend mieux le côté lèche-babouches de certains immigrationnistes « de gauche ». En fait, ils sont africanophiles comme leurs grands-parents étaient germanophiles en 1940, anglophiles en 1944, etc.

*

Jadis, les femmes du peuple passaient cinq années au moins en couches et en relevailles, et le reste de leur vie, elles trimaient comme des bêtes de somme. Et dans l'ensemble, elles ne protestaient pas.

Aujourd'hui, les femmes accouchent dans des conditions optimales, confient leurs gamins à des nourrices ou à des crèches – et quant aux tâches ménagères, tout est automatisé. Résultat : pour la moitié d'entre elles environ, elles passent leur temps à casser les couilles à leurs mecs – révérence gardée, c'est l'expression qui convient.

C'est à se demander si, en réalité, les femmes de jadis n'étaient pas plus heureuses, avec leur marmaille, leur labeur et leur misère, que les femmes d'aujourd'hui, qui n'ont que la contemplation de leur vide intérieur pour s'occuper. Au fond, il est cruel de libérer des gens qui ne sont pas prêts à assumer la liberté.

*

Il paraît que la législation française compte la bagatelle de 500.000 lois et décrets. Un jour viendra où ce pays de fous comptera plus de lois que d'habitants, je vous le prédis.

*

Le fondement implicite du machisme, c'est l'idée somme toute assez logique selon laquelle les hommes doivent être prêts à risquer leur vie, parce qu'ils sont moins précieux que les femmes, du point de vue du groupe – le nombre d'enfants à naître dépend en effet du nombre de femmes, pas du nombre d'hommes. En somme, si le macho revendique une supériorité sur la femme en termes d'aptitude au combat, cette supériorité sert originellement à « rembourser » son infériorité biologique fondamentale : il ne peut pas enfanter.

Par ignorance de cette rude réalité, et parce qu'elles rêvaient au fond de rendre leurs hommes semblables à elles, les femmes occidentales ont détruit le conditionnement machiste qui, jadis, fabriquait des hommes – des vrais. Le résultat, c'est nous : le peuple des pédaloïdes ronronnants – bien incapables de les protéger, ces femelles, et d'ailleurs assez peu soucieux d'elles, pour tout dire.

Après, elles gueulent qu'il n'y a plus d'hommes... – Bien fait ! Fallait pas nous arracher les couilles, si elles voulaient nous en voir au cul !

*

Notre magistrature ? – une oligarchie parmi les autres, ni plus ni moins. En France, les magistrats sont d'ailleurs au-dessus de la censure du suffrage populaire. Parmi les trois pouvoirs constitutifs du politique, il en est donc un qui, chez nous, ne se ramène pas au peuple.

Il paraît que c'est notre conception de la démocratie.

*

Le Mal, c'est bien.

Démonstration…

Un Mal mineur à un instant t peut être nécessaire pour éviter un Mal majeur à un instant t plus quelque chose.

Si ce Mal mineur n'est pas toléré, alors le Mal majeur surviendra.

Donc le Bien absolu, qui exclut tout Mal, même mineur, débouche immanquablement sur le Mal absolu.

Inversement, un Bien relatif qui tolère en son sein un Mal relatif évite le surgissement du Mal absolu.

Donc le Mal, c'est bien.

*

Un ami à moi : « Si un jour, en pleine invasion barbare, nous en arrivons à constituer des milices pour sauver nos peaux, j'ai une requête à faire, ô mes frères en francité : que nous nous défendions d'abord entre miliciens. Ça me ferait quand même mal aux fesses de risquer ma peau pour sauver celle d'un traître – or, passé un certain stade, tous ceux qui ne nous auront pas rejoint seront des traîtres. »

Mon commentaire : le gras qu'il faut perdre, il faut le perdre.

Cela dit pour achever ma réputation de sale type.

*

Deux peuples distincts se rejettent mutuellement s'ils viennent à partager momentanément le même sol.

C'est un mécanisme spontané, dans lequel les choix individuels n'ont que peu de place. Pour commencer, des réseaux de solidarité préférentielle se constituent spontanément. Ils se trouvent naturellement en concurrence. Cette concurrence s'exacerbe et au final, le conflit devient ouvert.

Par conséquent, les sociétés dites multiculturelles sont violentes et instable. C'est pourquoi le multiculturalisme ne peut se concevoir que comme un état intermédiaire entre un système culturel de référence et un autre système culturel de référence.

Pour une société multiculturelle, il n'y a en fin de comptes que quatre possibilités : invention d'un nouveau peuple par synthèse disjonctive du patrimoine culturel des deux peuples en présence, expulsion des allogènes, conquête des autochtones par les allogènes, ou partition.

Voilà, bande de Françousses, la négociation peut commencer. Vous savez ce qu'il vous reste à faire : vous réinventer, ou divorcer à l'amiable.

Vous seriez gentils de déposer vos armes à l'entrée, si c'était possible.

*

Vous avez remarqué ? – Moins nos politiciens ont d'idées, plus ils nous parlent de modèles. Nous avons eu le modèle danois, le modèle suédois, le modèle japonais, etc. On nous bassine même avec un supposé modèle français – et, curieusement, ceux qui se revendiquent de ce modèle sont généralement fort peu patriotes – ce qui montre bien qu'en l'occurrence, ce n'est pas la France qui leur plaît, mais le fait qu'elle ait un modèle.

Cette attirance pour le modèle dit quelque chose sur notre classe dirigeante. Ces gens-là, au fond, n'ont aucune virilité intellectuelle. Ils sont faits pour faire tourner une machine, pas pour la concevoir. Quand on n'a pas d'idées, on se cherche un modèle.

*

Le projet mondialiste recouvre l'établissement d'une domination authentiquement mondiale : celle d'une « hyperclasse » parfaitement déterritorialisée. Ce projet démiurgique va échouer, pour la bonne et simple raison qu'il est dans la nature des projets démiurgiques de se terminer en catastrophes intégrales.

Or, ce projet-là est le premier projet de cet ordre réellement planétaire. D'où l'on peut déduire que nous allons vers le premier fiasco réellement planétaire. Ça promet.

*

Si un jour j'ai le temps, j'enregistrerai un rap nouveau style : « Im-migraSSion ».

L'idée m'est venue en visionnant le clip vidéo « Fransse » de « Monsieur R. »

Les paroles :

« Quand je parle de la France, je parle pas du peuple français, mais des dirigeants de l'État français. Ça fait longtemps qu'ils nous exploitent, de l'esclavage à la colonisation. Et aujourd'hui, ce n'est que manipulation. »

Ce préambule prudent est largement contredit par l'esthétique générale du clip, où deux femmes blanches dénudées se disputent un drapeau français en prenant des poses obscènes.

Ça continue comme ça...

« La France est une garce, n'oublie pas de la baiser jusqu'à l'épuiser. »

« Mes négros et mes rabzas, on trouve un terrain de jeux, la rue, là où l'on trouve le plus d'armes à feu. ».

« La France est une de ces putes de mères qui t'a enfanté. »

« Je suis pas chez moi et j'en ai rien à foutre, d'ailleurs par là même que l'État aille se faire foutre. »

« Putain de flics de fils de pute ! »

Ce chef d'œuvre a été classé « coup de cœur » par la FNAC de monsieur Denis Olivennes, l'ancien numéro deux du groupe Canal +. Un ancien proche de Jean-Marie Messier soit dit en passant...

Ce « Fransse » est à tous points de vue emblématique.

Emblématique du confusionnisme absolu propre à toute propagande victimaire, pour commencer : tout y est confondu avec tout. On place sur le même plan d'une part les crimes bien réels de la colonisation et les ombres non moins réelles de la décolonisation, d'autre part la question de l'immigration en France, question tout à fait distincte. Il s'agit bien sûr, au nom de la dette morale contractée par l'ancienne puissance coloniale, de justifier une colonisation par le bas – soit en gros le rapport pour le moins ambigu que les célèbres « racailles de banlieue » entretiennent avec leur pays d'adoption.

Ajoutons qu'un second confusionnisme vient se greffer sur le premier : voilà que la question de l'islam est assimilée à la persécution des israélites par le régime de Hitler – sous-entendu : quand la République Française prend des mesures contre l'islamisme ethno-maffieux, vecteur de la haine antieuropéenne, eh bien la République Française commet un crime d'État.

Défends-toi, dis le racketteur au racketté, et on dira que tu es l'agresseur…

« FranSSe » est également emblématique de la fausse rébellion ethnique, nouvel enfermement mental du Noir et de l'arabe. Je suis persuadé que le rappeur vulgaire, pour ne pas dire porcin, est au « Black » et au « Rebeu » d'aujourd'hui l'exact équivalent de ce que le tirailleur sénégalais « y a bon banania » fut, en son temps, à « l'indigène » africain. En quelques mots : à l'époque de l'industrialisation massive des sociétés occidentales, la bourgeoisie avait surtout besoin de main d'œuvre et de matières premières, d'où la colonisation. Pour cacher l'exploitation massive que recouvrait le phénomène, on renouvela la figure du bon sauvage en l'affublant d'un uniforme. Le tirailleur sénégalais rendait en quelque sorte la domination sympathique, c'était sa fonction symbolique.

Eh bien, en dépit des apparences, le rappeur joue exactement le même rôle : dans une société qui a fait de la fausse rébellion l'instrument principal du contrôle social, le rappeur justifie l'exploitation nouvelle formule. Après tout, c'est qui, « Monsieur R. », sinon le parfait petit immigré tel que le pouvoir se le représente ? – un individu déraciné, en quête d'une identité factice que seules les signes extérieurs de richesse peuvent lui fournir – d'où la grosse bagnole, les marques de fringues pour les pauvres, et la pitoyable esthétique de nos banlieues programmées.

Il faut le dire : le clip de ce « Monsieur R. » est ridicule. Il faut voir cette bande de neuneus faire des fucks à la caméra… Ils ont l'air malin, je vous jure… En visionnant cette autodérision involontaire, je pensais à certaines connaissances d'origine africaine ou antillaise. Saïd, physicien ; Mohammed, cadre supérieur de la fonction publique ; mais aussi tout bêtement cette dame noire qui nettoie le hall de mon immeuble, depuis des années, et dont j'ignore le nom… Je pensais à tous ces gens, certains brillants, d'autres moins, mais tous bosseurs, honnêtes, essayant chacun à leur place de faire ce qu'ils pouvaient pour rendre le monde un peu moins moche. Je pensais à eux, donc, et je me disais, en regardant le numéro y-a-bon-banania de « Monsieur R. », que dans l'esprit de nombre de mes compatriotes d'origine européenne, grâce à ce pauvre type, tous ces braves gens seraient à nouveau enfermés dans un stéréotype – l'image du Black ou du Rebeu venant en quelque sorte parasiter la seule perception authentiquement dénuée de racisme, à savoir la perception de la personne.

Cela dit, « Monsieur R. » n'est pas le plus gros problème. Dans l'affaire, ce qui est scandaleux, ce n'est pas qu'il se trouve, quelque part à un certain moment, un ramolli pour nous pondre « FranSSe ». Non, ce qui est scandaleux, c'est que cette daube bénéficie d'une promotion, et d'une promotion massive, organisée par un des principaux vecteurs culturels français.

Le problème, donc, ce n'est pas « Monsieur R. ». Le problème, c'est la FNAC. Le problème, c'est Denis Olivennes…

C'est ainsi que l'idée m'est venue d'offrir à monsieur Olivennes un nouveau « coup de cœur » : « ImmigraSSion », ma version personnelle de « FranSSe ». Un titre délibérément confusionniste, propre à alimenter les peurs les plus irrationnelles.

Ça pourrait ressembler à ceci :

« Quand je parle de l'immigration, je parle pas des immigrés, mais des organisateurs de l'immigration. Ça fait longtemps qu'ils nous exploitent, de la révolution industrielle à la désindustrialisation. Et aujourd'hui, ce n'est que manipulation. »

« La gauche bobo, c'est une garce, n'oublie pas de la baiser jusqu'à l'épuiser. »

« Mes fachos et mes prolos, on trouve un terrain de jeux, l'isoloir, là ou les bulletins FN sont en vente libre. »

« L'immigration-déportation, c'est une putain vérolée qui plombe les peuples, ici et en Afrique. »

« Je suis chez moi et je fais la loi, d'ailleurs par là même que leur ripoublique aille se faire foutre. »

« Putain d'énarque de fils de pute ! »

Je me demande si la FNAC ferait ma promotion…

*

Pasteur, ta flotte est trop froide !

Ce qui est moral, c'est ce qui fait vivre, ce qui maximise et renforce la vie. « Croissez et multipliez », voilà le premier commandement.

Le reste – c'est-à-dire le Nouveau Testament – ne peut être compris que comme une révélation paradoxale. Vivez comme les oiseaux du ciel, dit le Christ, et vous serez sauvés – ou bien croyez en moi. Or, il est impossible de vivre comme les oiseaux du ciel. Conclusion : cessons de croire que nous nous sauverons, et vivons. Pour le reste, remettons notre âme entre Ses mains : Il peut nous racheter, et nous, nous ne le pouvons pas.

Nietzsche s'imaginait être antichrétien parce qu'il vomissait *l'imitation de Jésus Christ*. Mais pour moi, qui ne cherche nullement à imiter le Christ, surmonter la métaphysique, voilà précisément la démarche chrétienne.

*

Napoléon.

Tous les moyens requis pour vaincre à court terme. Toutes les fautes nécessaires pour être vaincu à long terme. Comme de juste, c'est le modèle de Sarkozy, l'actuel homme fort de notre droite d'affaires – laquelle s'intéresse à *ses* victoires à court terme plus qu'à *nos* défaites à long terme.

*

Il serait absurde de le nier : La France est aujourd'hui parcourue par un véritable tropisme national-socialiste – et cela s'explique très bien – en quatre points, si vous voulez.

Point un : l'ordre dominant, de plus en plus injuste, est mondialiste et capitaliste – il insécurise les peuples en les mettant en concurrence.

Point deux : la révolution est donc, nécessairement, nationale et socialiste – principe dialectique.

Point trois : l'extrême gauche française, antinationale, est incapable de « nationaliser » ou de « sécuriser » son socialisme.

Point quatre : l'extrême droite française peut en revanche assez facilement « socialiser » son nationalisme sécuritaire.

Ce mécanisme simplissime explique pour l'essentiel le poids acquis progressivement par le Front National en France – ou, un peu partout en Europe, par des partis populistes au départ d'extrême droite. À partir de là, on voit très bien que « lutter contre l'extrême droite », pour la gauche, cela devrait commencer par une réflexion approfondie visant à moderniser et réhabiliter la nation. L'absence complète de réflexion en ce sens, au sein des partis de gauche, en dit long sur les arrière-pensées des hommes d'appareil.

*

L'Histoire officielle, celle qu'on nous raconte à l'école, est intrinsèquement négationniste. Et ce négationnisme est au moins autant « de gauche » que « de droite ».

Démonstration...

En 1914-1915, le généralissime français « politiquement correct » était le franc-maçon Joffre. Environ 450.000 morts inutiles, dans des attaques vouées à l'échec. En 1917, Nivelle, soutenu par la classe politique : 140.000 morts, pour rien. Succède Pétain, qui n'était que colonel en 1914, mal noté car de droite. Bilan : sur la période 1917-1918, pour la première fois, les pertes françaises ne sont pas supérieures aux pertes allemandes. Et la guerre est gagnée. Dans quelle mesure le verrouillage politicien imposé à l'État-major expliqua-t-il, entre 14 et 17, 600.000 morts presque inutiles ? – La question ne sera pas posée.

Lors de la famine sur la Volga, en 1921 – 3 à 6 millions de morts – le régime léniniste organisa-t-il délibérément la catastrophe, pour justifier l'expropriation des biens de l'Eglise et achever de casser la société russe ? – La question ne sera pas posée.

Passons à la dékoulakisation en Ukraine – 6 millions de morts au moins – crime d'État atroce qui fait, depuis 60 ans, l'objet d'un négationnisme sans vergogne de la part des communistes... Le radical Herriot, référence de la gauche, y alla, revint et dit : tout va bien en URSS. Pourquoi ? – La question ne sera pas posée.

Avant le déclenchement de la guerre d'Espagne, certains « républicains » pillèrent les monastères, assassinèrent les prêtres et les religieuses. Est-ce que le véritable déclenchement des hostilités n'est pas constitué par ces exactions ? – La question ne sera pas posée.

Précisons que sur le même sujet, il existe un négationnisme de droite : dans quelle mesure l'attitude du clergé espagnol, chien de garde de la bourgeoisie, a-t-elle été à l'origine de la violence extrême propre à l'anarchisme espagnol ? – La question ne sera pas posée.

La défaite de 1940 s'explique-t-elle entre autres par les erreurs du front populaire ? – La question ne sera pas posée.

Sur le même sujet, un négationnisme de droite : dans quelle mesure les élites bourgeoises françaises, cagoulardes ou synarchiques, ont-elles choisi la défaite ? – dans l'espoir d'une part de casser le Front Populaire, d'autre part, à plus long terme, de voir l'Allemagne détruire le socialisme soviétique... – La question ne sera pas posée.

Est-il exact que le PCF tenta de construire une collaboration « de gauche » à l'été 1940, et qu'il s'en fallut de peu que les Allemands n'acceptassent ? Est-il exact que la CGT prôna le sabotage dans les usines françaises d'armement, en 1939-40 ? – La question ne sera pas posée.

La collaboration de gauche a-t-elle été plus ou moins idéologique que la collaboration de droite ? – La question ne sera pas posée. D'ailleurs, il est politiquement incorrect de dire qu'il y eut une collaboration de gauche.

Lors de l'épuration, dans le Midi en particulier, le PCF organisa-t-il délibérément l'élimination d'adversaires politiques parfaitement innocents de tout fait de collaboration ? – La question ne sera pas posée.

Pendant la guerre d'Algérie, le PCF participa-t-il à l'organisation des prodromes de ce que nous appelons aujourd'hui le terrorisme ? – La question ne sera pas posée.

En 1962, la France fiche le camp d'Algérie. Nous laissons derrière nous les harkis et leur famille. Peut-être 140 000 morts, dans des conditions atroces. Pourquoi le pouvoir gaulliste refusa-t-il de recevoir chez nous nos anciens compagnons d'armes, alors même qu'il ouvrait les vannes à une immigration de travail » jetable » ? – La question ne sera pas posée.

Dans les années 60, de nombreux intellectuels de gauche se voulaient maoïste. Savaient-ils qu'au même moment, la révolution culturelle faisait des centaines de millier de morts chez les intellectuels chinois ? – La question ne sera pas posée.

En 1973, Le Monde présentait les Khmers rouges comme les libérateurs du Cambodge. Le Monde doit-il s'excuser pour avoir collaboré indirectement au génocide khmer ? – La question ne sera pas posée.

Quel fut le coût humain réel des collectes de sang contaminé dans les prisons, organisées pour des raisons idéologiques par le pouvoir socialiste au début des années 80, alors qu'on savait déjà pour le sida ? – La question ne sera pas posée.

Etc. etc.

*

Piqûre de rappel.

Pour nettoyer les écuries d'Augias, détournons un fleuve. Avant, il vaut mieux d'abord nous ménager une retraite surélevée, bien sûr.

C'est bien ainsi que l'affaire se terminera en France. Tôt ou tard, à moins d'un miracle, il ne restera plus qu'à s'organiser pour faire face à la catastrophe. Souhaitons que, si l'on en vient là, seuls les patriotes soient prêts – les décadents, de cette manière, ce sont les barbares qui nous en débarrasseront.

La réciproque, hélas, ne sera pas vraie. Il y a donc un moment où il faudra être forts.

Des questions ?

*

Nietzsche parlait du nihilisme actif et du nihilisme passif. Après trois décennies de nihilisme passif, nous nous rendons compte que cette passivité même est une action. C'est pourquoi je propose de parler, plutôt, de petit et de grand nihilisme.

Le petit nihilisme consiste à croire qu'il n'y a rien au-dessus de soi. C'est le nihilisme anarchisant et libertaire. Ses couleurs sont vives, parfois pastel, le plus souvent criardes. C'est le nihilisme des soixante-huitards, « il est interdit d'interdire » – sous-entendu : il est interdit de m'interdire quoique ce soit, parce qu'au-dessus de moi, il n'y a rien. Ce nihilisme plaît aux marchands, parce que les nihilistes de cet ordre font de bons petits consommateurs compulsifs, et donc de bons clients. Ce nihilisme plaît aussi aux idéologues de gauche, parce qu'un homme qui ne reconnaît rien au-dessus de lui leur apparaît plus libre à l'égard des structures traditionnelles. Le petit nihilisme est inscrit dans la figure du retournement – retournement de toutes les valeurs, et donc retournement symbolique de l'ordre social.

Le grand nihilisme consiste à déifier le Néant qu'on a placé au-dessus de soi – à le confondre avec l'Etre. C'est le nihilisme bolchevik, nazi, fasciste. Ses couleurs sont noires, et lorsqu'il se pare du rouge aimé par le petit nihilisme, c'est pour y voir non le sang de la vie, mais le sang répandu, la mort. C'est le nihilisme des chemises noires, « si tu n'es pas avec nous, tu es contre nous » – sous-entendu : le Néant que j'ai placé au-dessus de moi est l'Etre, donc mon être propre est à l'image de l'Etre, et ton être propre n'est à l'image de l'Etre que si ton être propre est à l'image de mon être propre. Ce nihilisme mimétique est porteur de la destruction complète de l'ordre marchand, car sans acceptation de la différence, il ne peut pas y avoir d'échange – c'est la fin du

« commerce ». Ce nihilisme-là entraîne immanquablement la destruction des idéologues de gauche, parce qu'un homme qui a reconnu l'Etre dans le Néant fera nécessairement du Néant une idole, et la plus sanguinaire des idoles – et sous la figure symbolique ainsi érigée, il construira l'ordre le plus impitoyable qu'on puisse imaginer. Le grand nihilisme est inscrit dans la figure du retournement du retournement – retournement de la subversion contre elle-même, et donc restauration d'un ordre social éclatant de jeunesse.

Le grand nihilisme naît spontanément, lorsque le petit nihilisme est parvenu au terme de son projet. Une fois que l'individu ne reconnaît plus que le Néant au-dessus de lui, ce Néant devient l'idole et l'idole se substitue à l'Etre. Le grand nihilisme est né une première fois au XX° siècle, après que de « Kulturkampf » en « séparation de l'Eglise et de l'État », l'État triomphant eut tué Dieu pour s'ériger en idole. Ce grand nihilisme détruisit partout où il le put tout ce qui était à partir de l'Etre – Juifs, peuple de la Parole, exterminés par les nazis pour que nul ne soit à partir de la Parole, mais aussi paysans russes et ukrainiens, martyrisés par millions pour que nul ne soit à partir de la Terre. Le grand nihilisme n'accepte pas que l'Etre dénonce le Néant.

Ce grand nihilisme fut vaincu, temporairement, mais les ferments qu'il avait semés ont continué à mûrir, année après année. Les leçons n'avaient pas été tirées, le petit nihilisme revint, arrogant, sûr de ses fausses lumières. À nouveau, on interdit d'interdire. À nouveau, on laissa s'installer le Néant au motif qu'il libérait de « l'insupportable légèreté de l'Etre ».

Après un demi-siècle de petit nihilisme, nous en sommes au point où se trouvait l'Europe à la veille de la

Première Guerre Mondiale – voilà, il faut regarder les choses en face.

*

« Non aux valeurs aristocratiques ! »

« D'accord. Je suis gros, moche et un peu con. Je ne me vante pas, c'est la vérité. Donc en fin de comptes, je fais partie de la majorité. Donc la démocratie exige que je sois érigé en modèle de santé, de beauté et d'intelligence. »

*

Il y avait jadis une grande noblesse dans le peuple : la noblesse qui ne se savait pas elle-même, la noblesse des humbles. Aristocratie ouvrière, fierté du travailleur…

De cette noblesse des humbles, il ne reste rien. Les Français sont devenus des larves. Et c'est essentiellement parce que depuis 1968 au moins, une classe dirigeante ignoble s'est précisément donné pour tâche de détruire *ce qu'il y avait de noble chez les petites gens.*

*

Moi : « Si un jour l'Afrique trouve son Mozart, sa musique sera syncopée. Il laissera le rythme guider la mélodie, au lieu que la mélodie guide le rythme. »

Mon ami de gauche : « Comment ? Mais vous êtes racistes ! »

*

Le seul résultat concret du référendum du 29 mai 2005 aura été de prouver au peuple français qu'on pouvait dire non. Pendant toute la campagne, les partisans du oui expliquèrent, en substance, qu'il n'y avait pas de plan B et qu'un « non » aurait pour effet de déclencher la fin du monde. Le président Chirac lui-même s'engagea, nous expliquant, en substance, qu'il ne pourrait plus gouverner si c'était non…

Bref, là-dessus, le peuple dit non. Et après ? – Et après, rien.

La fin du monde n'a pas eu lieu. Et Chirac, la gueule enfarinée, nous a confirmé que, finalement, il pouvait continuer à gouverner.

Concrètement, le « non » français du 29 mai 2005, et son frère hollandais du 2 juin, n'auront pas changé grand-chose à la marche du monde – à un détail près : maintenant, les peuples savent qu'ils peuvent dire non.

Ce n'est pas rien.

*

Si vous voulez toucher du doigt ce qu'est une oligarchie, ce qu'est son essence, il faut s'intéresser au cas de Jean-Claude Trichet. Voilà un homme qui contrôle le Crédit Lyonnais, pour le compte de l'État français. Résultat : un trou de cent milliards de francs, au bas mot – cent milliards qui, évidemment, n'ont pas été perdus pour tout le monde.

Vient le moment de désigner le patron de la Banque Centrale Européenne, puisque l'euro est devenu notre monnaie. Et qui nomme-t-on ? – Précisément l'homme qui a échoué à contrôler le Lyonnais – à croire que l'incompétence est justement ce qu'on attend du monsieur.

Une oligarchie, c'est ça.

*

Etant donné que la « France moisie » est insupportable aux amis de l'excellent Philippe Sollers, je propose qu'on coupe notre pays en deux. Au Nord de la Loire, la France pétainiste et rancie, qui conserverait des frontières, remettrait en cause la dictature fonctionnaro-administrativo-médiatico-parlementaire, renoncerait à son « modèle social » pour élaborer une société de responsabilité, et s'attirerait la vindicte des grandes consciences par sa politique fascisante – contrôle des frontières, cours de Français obligatoires pour les immigrés, salaire maternel, etc. Au Sud, pour les esprits libres capables d'échapper à cet enfer par une insurrection des consciences, la France d'aujourd'hui, adepte du libre-échange et du maintien du modèle social, de l'immigration incontrôlée et du maintien du modèle social, de l'énarchie triomphante et du maintien du modèle social, etc.

Ainsi, tout le monde serait content. Nous, les mauvais, nous aurions notre version de la France. Et eux, les bons, ils auraient leur version.

Bon, on commence quand ?

*

Je suis obligé de l'avouer : l'époque où j'étais démocrate sans modération est bien finie. J'ai appris qu'il faut faire preuve de modération en toutes choses. Et cela vaut aussi pour la démocratie. Tout principe qui n'est pas modéré se retourne en sa propre inversion.

Si on écoutait les démocrates sans modération, on priverait les royalistes du droit de vote.

*

Augusto Pinochet représente un type social vieux comme le monde : le militaire conservateur, capable de brutalité mais soucieux de maintenir la cohésion de son pays au coût le plus faible. La représentation saint-sulpicienne qu'en donne une certaine droite autoritaire est donc évidemment absurde. Un général putschiste n'est jamais un type bien. Il assume le rôle du salaud, et c'est justement son mérite.

A jeter aussi, cependant, la représentation manichéenne que la gauche française a donné des évènements du Chili, dans les années 70. Le fait est qu'Allende était en train de perdre le contrôle de sa majorité. Le fait est que le Chili menaçait de sombrer dans l'anarchie. Le fait est que l'Amérique Latine tout entière était visée par une large subversion, organisée en partie par les Soviétiques, en partie par Cuba, en partie par… certains manipulateurs de la CIA ?

En somme, le putsch de Pinochet a peut-être évité beaucoup d'ennuis aux Chiliens. Il est possible que ce soit immoral, mais en attendant, c'est comme ça.

Il reste les morts, bien sûr. Les morts du Chili ont droit à notre respect et à notre souvenir – sur ce point, la gauche a raison. Les 75 Chiliens exécutés au début de la dictature d'Augusto Pinochet ont chacun droit à la même part de notre souvenir que chacun des cent millions de morts du communisme. En tout, cela leur fait exactement 0,000075 % de notre mémoire.

Cela dit pour soigner ma réputation de facho.

*

Le pire demain pour éviter le pire du pire après-demain : ça se tient.

*

Si on m'avait dit, dans les années 80, qu'un jour je lirais la presse russe pour savoir ce que la presse française nous cachait, je ne l'aurais pas cru ! – Et pourtant, un soir de novembre 2005, pendant les émeutes en banlieue, alors que nos journaux parlaient de « malaise social », la presse russe titrait sur les « émeutes raciales ».

La vérité est ailleurs – toujours.

*

Au point où nous en sommes, on peut se demander si le meilleur moyen de se faire connaître, pour un écrivain, ce n'est pas de se faire traiter de fasciste – ou au moins de réactionnaire. C'est assez déconcertant : quel point commun entre Dantec, Soral, Houellebecq, Camus, Finkielkraut, Murray, Nabe ? – Aucun, ces gens-là ne sont d'accord sur rien. Ou plutôt si, ils ont un point commun : ils pensent – et avec une certaine originalité. Cela seul, apparemment, suffit à les faire cataloguer par les infrachiens médiatiques comme des « réactionnaires ».

Du coup, il existe désormais un lectorat paradoxal, un lectorat qui inverse systématiquement les jugements de valeur portés par les serviteurs du bloc institutionnel. Pour ces lecteurs-là, souvent de grands lecteurs, « si l'Immonde en dit du mal, c'est que ça doit être vachement bien ».

Les proscripteurs sont devenus des prescripteurs.

Ainsi, pour prendre le cas de ma modeste personne, si je veux un jour vendre du papier, il va falloir que j'arrive à me faire insulter dans Libé.

Ça ne devrait pas être trop difficile, d'ailleurs, vu ce que j'écris.

*

A force de rencontrer des mecs d'extrême droite prosionistes, j'ai fini par me poser des questions. Comment des milieux traditionnellement antisémites peuvent-ils, du jour au lendemain, se transformer en fan-club de l'État Juif ?

J'ai d'abord cru que ces sionistes-là faisaient le raisonnement par lequel, jadis, le célèbre comique troupier teuton Heinrich Himmler arriva à la conclusion qu'au fond, si tous les Juifs étaient en Palestine, il n'y en aurait plus ailleurs. C'est-à-dire que j'ai pensé, au départ, que les prosionistes d'extrême droite aimaient les Juifs israéliens parce qu'un Juif israélien a cessé d'être un Juif cosmopolite. Et que donc, ayant accédé au nationalisme, il a cessé de colporter ce « virus », ce « germe » cosmopolite et relativiste que les antisémites croient discerner chez les Juifs de la diaspora.

Puis, en fouillant un peu plus loin, j'ai peu à peu discerné une autre motivation : le désir de mort à l'état pur.

C'est quoi, Israël, du point de vue d'un mec d'extrême droite atlantiste, genre fana de l'Occident judéo-chrétien ? – Réponse : c'est le syndrome de Massada – un groupe de mecs qui s'entêtent, enfermés dans une forteresse réputée inexpugnable, et qui disent merde aux conquérants, quels que soient les conquérants. Israël est, pour les atlantistes pur fruit, quelque chose comme un modèle réduit de leur propre situation à l'échelle mondiale : Israël est assiégé par des peuples arabes présumés hostiles, l'Occident est assiégé par une planète présumée hostile ; Israël est menacée de submersion démographique du fait de la natalité des arabes israéliens à l'intérieur, des palestiniens à l'extérieur, et semblablement, l'Occident avorteur et hédoniste implose dans la joie et la bonne humeur, au rythme où l'Islam triomphe grâce aux ventres de ses femmes. D'où l'intérêt des atlantistes pour Israël – à chaque ratonnade high-tech organisée par l'État Juif, ces mecs prennent note, et, ayant décidé que les Juifs ne peuvent pas être mauvais puisqu'ils ont subi la Shoah, ils consignent sur leur petit livre de raison : « bombarder des civils, c'est permis puisque Israël le fait » ; « déplacer des populations, c'est permis puisque les Juifs le font » ; etc. etc.

Au fond, le pro-sionisme des atlantistes n'est que la continuation paradoxale d'une grande tradition d'extrême droite : le juif, catégorie imaginaire, comme sujet de laboratoire – sauf que, nouveauté, le juif n'expérimente plus la position du dominé, mais celle du dominant.

*

Le groupe de communication et de publicité Ogilvy, mondialement connu, possède entre autres, je crois, la fameuse agence de relations publiques Hill & Knowlton – qui entra dans l'Histoire, en 1991, grâce à une campagne de presse commandée par l'association Citizens for a Free Kuwait. But : préparer l'opinion publique à la première guerre du Golfe. Méthode : monter de toutes pièces une sinistre affaire – les soldats irakiens avaient arraché les bébés koweitiens des couveuses pour les laisser mourir sur le sol, ils torturaient les Koweitiens, leur arrachaient les ongles, etc. Sans nier que Saddam ait été une franche canaille et ses troupes des pillards, en l'occurrence, il s'agissait semble-t-il de témoignages bidon.

A l'heure où j'écris, en cette belle année 2006 en France, deux informations viennent de me parvenir :

- Ségolène Royal, la candidate socialiste « favorite des sondages », la candidate des rédactions de presse, coachée par Julien « SOS racisme » Dray, vient de prendre position contre l'accès de l'Iran au nucléaire civil ;

- la directrice générale d'Ogilvy France conseillerait à titre privé Ségolène Royal dans sa stratégie de communication politique.

Pure coïncidence, bien sûr. Et puis mes informations sont sans doute erronées.

*

Depuis le temps qu'on nous bassine avec les « racailles de banlieue », j'ai essayé de comprendre ce que pouvait être le vécu de ces mecs-là. De me mettre dans leurs baskets, si vous voulez. Et donc, je suis arrivé à la conclusion que ces mecs fonctionnent à la compensation.

Ils n'ont pas eu de filiation collective claire dans laquelle s'inscrire – ils ne se sentent plus vraiment algériens, ni marocains, ni sénégalais, mais pas français non plus. Alors pour compenser, ils s'inventent une filiation imaginaire avec les Palestiniens – et d'une manière générale, avec tous les opprimés de la terre, surtout si ces opprimés ont la même couleur de peau qu'eux.

Beaucoup d'entre eux n'ont pas non plus eu de filiation individuelle stable. On connaît l'effacement de la figure paternelle chez les immigrés. La proportion de foyers monoparentaux est, dans les quartiers ethniques, tout à fait anormale. Et quand le père est là, c'est souvent un ouvrier, un pauvre – c'est-à-dire, dans notre société de merde, un humilié. Très souvent, son fils gagne plus en dealant que lui en bossant – quand il bosse. Alors ? – Alors le fils se trouve un père de substitution – généralement un chef de bande, un « grand frère ».

Ils n'ont pas non plus intégré le respect dû aux adultes, au monde des adultes. Quand ils regardent les « Français » qui ont exploité leurs pères, ils ne voient que des « bolos », de bourgeois-lopettes, mous et lâches. Pourquoi devraient-ils respecter ces couilles molles ? – Alors ils perdent toute mesure. À vingt ans, ils sont encore bloqués au stade du « fantasme de toute-puissance » qui frappe normalement les garçons vers treize ans, quand ils s'aperçoivent qu'ils peuvent gicler dans le ventre d'une fille.

Ces « racailles » sont un mélange d'extrême faiblesse et d'extrême force – mélange détonnant s'il en est. Socialement, ils se rattachent à la catégorie des « fucked at birth », comme disent les Américains – ces enfants du ghetto qui n'ont quasiment aucune chance de prendre l'ascenseur social – illettrés, sous-éduqués, sans savoir-faire, sans savoir vivre, sans savoir être – sans savoir autre que celui de la rue. Mais humainement, justement parce que l'école de la rue ne pardonne rien, ce sont des rocs – je suis persuadé que si les cordons de police cèdent, un soir d'émeute, il suffira de 300 « racailles » pour mettre en coupe réglée une ville de 30.000 « bolos ».

*

Je crois que la race n'existe pas, mais que le sang, lui, existe. C'est à dire que les groupes humains ne sont pas cloisonnés, mais divers, et que leur diversité génétique produit aussi une diversité des compétences, ou en tout cas des facilités. Dans trois siècles, quand le métissage aura fait son effet, peut-être n'y aura-t-il plus aucun recoupement statistique entre l'origine ethnique et le sang. À l'heure actuelle, il est absurde de nier l'existence de ces recoupements. Absurde, et en outre dangereux. Dire que pour ne pas être raciste, il faut refuser le réel, c'est dire que le racisme est la seule pensée possible pour les esprits libres.

Mais peut-être est-ce justement le but d'un certain discours antiraciste, qui nie le réel, et ainsi oblige les esprits libres à se démasquer pour mieux les combattre. Je crois très sincèrement que l'antiracisme, en France, poursuit l'objectif secret de fabriquer du racisme afin, précisément, de pouvoir se revendiquer d'une urgence absolue, qui dépasse tous les clivages et qui, en conséquence, paralyse tous les débats.

Cela dit pour l'édification des naïfs.

*

« Mais enfin, vous devez comprendre que les rappeurs font de l'art ! L'art libère, l'art n'est jamais un danger. »

« 'Tain, Hitler aurait dû rapper ses discours, ça l'aurait rendu tellement moins dangereux ! »

Quand on étudie un peu les paroles des chansons de rap, on se rend compte qu'elles ne constituent pas un texte construit, mais un enchaînement de mots, de groupes nominaux, qu'émaillent ici ou là un verbe, parfois sans sujet ni complément. Il y a quelques exceptions, bien sûr, mais dans l'ensemble, le niveau linguistique est catastrophique.

Voici quelques exemples, tirées du titre « Ici on vit, ici on crève », du groupe « l'or du silence » – qui n'est pas le plus virulent des groupes de rap, loin s'en faut. Nous sommes là dans une bonne moyenne.

« Pas de tabou sur la comédie de la tragédie / V'là le trajet dis dangereusement congédie » : juxtaposition d'une trouvaille rythmique (pas de tabou...) et d'une phrase sonnante, mais dont le sens n'apparaît pas évident (V'là le trajet...). Le langage du rap est ainsi fait : il ne sert pas à construire un sens, mais à exprimer une émotion instinctive, qui accompagne la rythmique syncopée plus qu'elle n'est portée par elle.

« Je suis pas conquistador ni le rappeur qu'on adore / Bombarde ça comme à l'époque de Pearl Harbor / Aux abords ça chuchote sans chic avec du shit / Chut pas de bruit lyrics écrit dans les chiottes / Chaud-chaud expédition de cocktail Molotov » : même soumission de la parole aux exigences de la rythmique, utilisation rituelle de référence à la violence, au « biz », à l'univers « racaille ». Le rap est un genre très convenu, qui tombe fréquemment dans l'autocaricature.

« Wolof berbères rabza reunoi dans le même sac / Je suis à sec comme une ville qui subit un sac » : le rap porte presque systématiquement des références raciales, c'est une musique faite principalement pour les Africains et Nord-Africains. Très souvent, la référence raciale s'accompagne d'allusion au pillage, à la violence, au « sac » – à la revanche contre les « dominants ». Le rap est une machine à fabriquer une sous-pensée communautariste, revendicative, violente et pleurnicharde tout à la fois.

Quand on cumule ces caractéristiques – primat de l'émotion, de l'instant, sur la raison, sur la réflexion ; valorisation caricaturale des modèles d'identification propres au sous-prolétariat délinquant ; exaltation raciale associée au ressentiment – on pense forcément à la tristement célèbre » radio mille collines », cette radio d'État rwandaise qui, à force d'appels à la haine, finit par déclencher le génocide que l'on sait – le génocide des mains noires et des armes blanches.

*

Ras-le-Front, le SCALP et les divers groupuscules de la mouvance « anti-fa radikal » : une belle bande d'ahuris, qui ne comprennent rien parce qu'on leur a agité un Le Pen sous le nez ! Ces types ont d'ailleurs, de toute évidence, beaucoup contribué à l'établissement en France d'un tropisme fascisant.

Quelle proportion des militants de cette mouvance a conscience du rôle qu'on lui fait jouer ? – Une très faible proportion, sans doute.

Chez ces gens-là, on ne pense pas, monsieur. On s'indigne.

*

Un jour, il y a fort longtemps, j'ai été alpagué dans la rue par un vendeur du magazine « Les Inrockuptibles ». Le gars arborait toute la panoplie : blouson de cuir, jean, cheveux rebelles et, puisque nous étions dans les années 80, des pin's. Il m'a fait penser à une sorte de maréchal soviétique à batterie de cuisine – sauf que lui, il ne savait même pas qu'il portait un uniforme. Je me suis gentiment payé sa tête. Je lui ai dit : « Je n'écoute que de la musique militaire. » Il n'a pas compris de quoi je parlais, bien sûr. Il m'a traité de con, si ma mémoire est bonne. Je ne lui ai pas répondu. J'avais mon opinion.

*

On peut se demander à quoi servent les méditants. Et il est vrai qu'a priori, ils ne servent à rien. Et si c'était là leur utilité ? – Le rôle des méditants : rappeler que le monde ne sert à rien. D'où, sans doute, le caractère subversif que la religion possède, à notre époque où tout doit obligatoirement servir à quelque chose.

Ce caractère subversif, on le remarquera, n'est pas nouveau : il est en revanche *renouvelé*.

*

La vraie richesse, c'est la sécurité. C'est pourquoi un homme possédant un capital qui lui rapporte X, et qu'il peut exploiter sans être tributaire de personne, est en réalité plus riche qu'un homme possédant un capital qui lui rapporte X par dix, mais qu'il ne peut exploiter sans appui. Concrètement, il vaut mieux posséder un champ qui permet de manger tous les jours du pain et des patates qu'une table à l'année dans un restaurant – qui peut fermer à tout moment.

Toute l'escroquerie du système actuel est de nous faire croire qu'il nous enrichit parce qu'il augmente régulièrement la quantité de biens que nous possédons... aussi longtemps que ce système fonctionne. Pondérez l'accroissement de notre pouvoir d'achat depuis un demi-siècle par le niveau de garantie des biens en question : aucun doute, sur le plan de la vraie richesse, c'est-à-dire sur le plan de la sécurité, nous nous sommes appauvris – et cela vaut autant pour les peuples que pour les individus.

*

La réglementation européenne stipule qu'une obligation de service universelle est imposée aux opérateurs sous monopole. Si un opérateur sous monopole est incapable de garantir le service universel, il perd son monopole.

En vertu de ce principe et eu égard à la législation de l'IVG sans autorisation préalable du père, je revendique le droit, pour les hommes, de faire des enfants sans femme. Soyons logique : c'est le sens de l'Histoire – un prolétariat biologique ne peut faire qu'une révolution biologique.

Cela dit pour soigner ma réputation de fouteur de merde.

*

Ce qui est très curieux, c'est que parmi mes amis juifs, les plus farouchement sionistes ne sont, en réalité, parfois plus juifs du tout. Ce sont des athées – ce qui pose tout de même un petit problème, pour des mecs supposés appartenir à un peuple fondé sur une Alliance avec Dieu. En fait, j'ai parfois eu l'impression, en discutant avec eux, que l'Israël matérialisé par le sionisme leur servait de « Sion » de remplacement, alors que la Terre Promise, au sens mystique du terme, leur était désormais inaccessible –

un peu comme si l'ambition politique venait compenser le dépérissement de l'identité religieuse.

*

Certains idéologues sionistes sont très francophobes. Ça s'explique d'ailleurs assez facilement.

D'abord, il y a en France 600.000 juifs – qui, dans l'esprit des sionistes, manquent à Israël.

Ensuite, la France fut, historiquement, le second Israël – l'Israël chrétien. C'est le sens du baptême de Clovis, du sacre de Charlemagne, du règne de Philippe Auguste et de l'épopée de Jeanne d'Arc. Dans ces conditions, la marque « Israël » fait en quelque sorte l'objet d'une querelle de copyright – tout cela peut paraître daté, mais dans certains milieux, on a de la mémoire.

Enfin et surtout, la France, à un certain moment de son histoire et parce que c'était sa vocation historique, fit muter le concept même d' » Israël ». Fondamentalement, la France admet que tout homme est vivant dans l'esprit, s'il répudie l'idolâtrie. Pour des raisons qui tiennent à la nature d'un certain sionisme, à ses fondements cachés, cette conception d' » Israël » est insupportable aux sionistes de ce genre-là.

Remarquons que nous parlons là de certains sionistes, pas de tous les sionistes – lesquels ne se confondent évidemment pas avec les juifs, ni avec les patriotes israéliens – lesquels sont d'ailleurs souvent, pour des raisons historiques bien précises, solidaires des patriotes français.

Avec les juifs, c'est toujours compliqué.

*

Toute la politique « sociétale » prônée par le bloc institutionnel, en Europe, a pour effet concret de défaire les liens du tissu social.

Par exemple, on présente le mariage comme un « droit », qui ne concernerait que les mariés eux-mêmes – d'où le mariage homo, dont le véritable effet est d'indifférencier le mariage. Il s'agit de nier que le mariage soit une tradition, et que cette tradition serve à fonder la famille, cellule de base de la société.

La récurrence évidente de ce type de constat amène à une conclusion inévitable : quelqu'un, quelque part, a décidé d'atomiser les Européens, de leur retirer la possibilité de se définir collectivement. Alors question : qui a intérêt à détruire l'être collectif des peuples européens ? – Réponse : ceux que cet être collectif *dénonce*.

*

Je trouve que les bourgeois partisans de la solidarité avec le tiers-monde devraient avoir le droit de faire caisse séparée – d'un côté les pauvres du tiers monde et les riches des pays riches, de l'autre les pauvres des pays riches. Nos riches partageraient tout avec les vrais pauvres, et nous autres, salauds, nous devrions supporter le fardeau de la culpabilité.

Imaginez les bourgeois de gauche, souvent fort riches, offrant leurs fortunes aux déshérités du monde entier – et, de l'autre côté, ces salauds d'ouvriers et d'employés français, vautrés dans la richesse. Enfin l'on saurait qui est qui.

Curieusement, je n'ai encore trouvé aucun bourgeois de gauche pour soutenir mon projet.

*

Avec les sondages, on peut démontrer n'importe quoi – sans même tripatouiller les résultats. Par exemple :

« Engouement pour le curling : 99 % des Français ne voient pas d'inconvénient à ce que le championnat de curling soit retransmis à la télévision. »

« Les Français pour la tradition : 99 % d'entre eux préfèrent les santons de Provence en argile naturel. »

Etc. etc.

Ajoutez à cela que les sondages avaient annoncé la droite au Palais Bourbon en 1997, Jospin à l'Elysée en 2002, 70 % de « oui » au référendum de 2005…

Ce que je n'arrive pas à comprendre, c'est qu'on publie encore des sondages. Il faut croire qu'il se trouve encore des gens pour les lire.

Remarquez, à la réflexion, ce n'est pas si surprenant que ça. Statistiquement, en gros la moitié des gens sont plus cons que la moyenne.

Et je n'ai pas besoin de faire un sondage pour le savoir.

*

Le traité de Maastricht a été approuvé par 51 % des Français. Encore en mai 2005, il s'est trouvé paraît-il des ouvriers et des employés pour voter oui au traité constitutionnel européen – et des millions…

Quand on pense que la propagande officielle a dans un premier temps réussi à faire croire aux Français que d'une zone de libre-échange où bossent des mecs payés le quart de l'ouvrier français, il pouvait sortir un progrès social ! – C'est quand même affolant, cette soumission mentale des petits devant le discours officiel…

Enfin, quoi, pas la peine d'être un grand économiste pour comprendre que cette Europe-là, qui unifiait les marchés avant d'unifier les législations sociales, était taillée sur mesure pour le capital mondialisé !

Eh bien si, apparemment... Il fallait être un grand économiste pour *oser* le penser.

*

Dire non au monde tel qu'il est, pour imposer un monde tel qu'on le pense : voilà la virilité intellectuelle. Se sentir capable de féconder, au lieu d'être possédé : c'est bien de cela qu'il s'agit. Voilà le point de départ de toute démarche révolutionnaire. On remarquera, au passage, que cela suppose une certaine capacité à assumer le mal, la part d'ombre, la dimension virile, c'est-à-dire violente, de l'alternative dialectique.

D'où sans doute le bonisme des puissants – ils ont bien compris que pour faire un peuple soumis, il fallait d'abord faire un peuple bon par principe, bon par goût, bon par peur du mal.

C'est-à-dire *trop* bon.

Trop bon, trop con, si vous préférez.

*

Les gauchistes, qui décidément ne comprennent rien, s'imaginent que les « racailles de banlieue » sont les soldats de la révolution, tandis que les « flics à Sarko » seraient, d'après eux, les nouveaux SS. Blabla.

Pour moi, les « racailles de banlieue » sont les nouveaux SA. Ils sont les petits soldats de la régression tous azimuts orchestrée par les oligarchies capitalistes. Ils ont été fabriqués, presque scientifiquement, par une Education Nationale que les puissances d'argent ont confiée aux idéologues gauchistes, bien certaines que ceux-ci ne tarderaient pas à la saborder.

Ces malheureux gamins de banlieue, paumés, déconnectés du réel, sont entièrement dominés par le système. On s'imagine que ces types sont islamistes, sous prétexte que certains d'entre eux, lors des émeutes de novembre 2005, criaient « Allah akbar » en jetant des pierres. C'est une vue de l'esprit. Pour lire le Coran, il faut avoir plus de 300 mots à sa disposition – accessoirement, il faut aussi avoir le goût de la lecture, ce qui suppose qu'on laisse tomber cinq minutes sa console de jeu vidéo…

En réalité, ces mecs crièrent « Allah akbar » comme ils auraient crié « vive la sociale », « Heil Hitler » ou « viva la muerte » ! – Il se trouvait simplement que la mode, à ce moment-là, était à l'islamisme. Conscients malgré tout qu'on leur a délibérément fermé les portes de l'esprit, ces malheureux se sont révoltés – mais vu leur niveau général cataclysmique, ils ont choisi une forme de révolte qui, pour finir, fait tout à fait le jeu de l'oligarchie.

La vérité sur le face-à-face flics contre racailles ? – Les *deux* camps sont au service de *l'ordre*.

*

Regardez bien ce que font, spontanément, les voyous : ils se préparent à la guerre – et ils n'ont même pas besoin de le vouloir, c'est la nature de leur activité qui l'exige. Ainsi, les stratégies mises en place par les bandes ethniques de narcodélinquants les préparent à conduire une « guerre des essaims » – guérilla sans structure pérenne, sur le modèle afghan. Tout y est : réseaux de communication informels, habitude de l'action clandestine, existences de caches, boîtes aux lettres, réflexes collectifs facilitant la mobilisation rapide de partisans, qui peuvent s'évanouir dans la nature une fois l'action conclue…

Si ça pète, on va morfler.

*

Y a pas mal de sketchs à faire, sur la Tribu Ka – vous savez ? Les mecs qui réécrivent Mein Kampf en Wolof…

Par exemple :

« Kémi Séba ? Le soi-disant fara de la tribu Ka ? Laisse tomber, c'est un comique… »

« C'est ce que les gens disaient d'Hitler, au début… »

« Ecoute, il ne tuera jamais personne… Le peuple kémite, comme il dit, ça n'existe même pas… »

« Ouais, t'as raison. D'ailleurs, le peuple aryen n'existe pas non plus, c'est pour ça qu'Hitler n'a jamais tué personne. »

Ou encore :

« En somme, Hitler voulait tuer les Juifs pour leur voler leur pouvoir sur les slaves. »

« Et alors ? »

« Ben, tu remplaces les Juifs par les sionistes, les slaves par les Français, et ça fait Kémi Séba, nan ? »

« Euh… attend, tu cherches les emmerdes, là ? »

*

J'adore les hurlements des trotskistes quand on compare le communisme au nazisme. C'est toujours distrayant. Alors je vous propose un petit « what if ? »…

Le « what if ? », c'est un petit jeu affectionné Outre-Atlantique. Il consiste à se demander : Et si l'histoire avait été différente, où en serions-nous aujourd'hui ?

Donc, sans être dupes de l'exercice, essayons d'imaginer…

Voici mon hypothèse de base : en 1934, le pouvoir en France est tombé entre les mains des ligues. Le front populaire a été dissout dès sa création. En 1940, Goering a convaincu Hitler de frapper en Méditerranée plutôt qu'à l'Est. Grâce à une politique habile, le troisième Reich a réussi à rallier l'Espagne et la France à sa cause. Gibraltar tombe, c'est la fin de l'empire britannique. Les nazis ont gagné la seconde guerre mondiale.

Voyons maintenant ce qu'aurait pu être l'Histoire, dans cette hypothèse évidemment farfelue...

Entre 1945 et 1953, le Reich européen est constitué. Une bureaucratie européenne nationale-socialiste règlemente tous les aspects de la vie quotidienne. Himmler perfectionne le système des camps de concentration. Goebbels fait la chasse au déviationnisme cosmopolite.

En 1953, Hitler meurt. Ses partisans, Himmler et Heydrich, sont arrêtés. En 1956, au congrès du parti national-socialiste européen, le nouveau premier secrétaire, Léon Degrelle, révèle dans un rapport explosif les crimes de l'hitlérisme. Il raconte en particulier les conditions de la liquidation des SA durant la nuit de cristal. En revanche, il ne dit mot des camps de la mort.

On décide d'abolir le culte de la personnalité. Plusieurs anciens opposants interne au parti sont réhabilités – mais pas Ernst Röhm, l'ancien SA, partisan d'une révolution plus sociale et moins nationale. Son cas reste en suspens. La même année, les SS écrasent la Hongrie révoltée. Douze ans plus tard, c'est au tour de Prague. Le successeur d'Himmler transforme Auschwitz en un gigantesque institut psychiatrique. En Amérique et en Angleterre, les partis nationaux-socialistes se développent, à la faveur de la

« coexistence pacifique » initiée par le président Joseph Kennedy – prix Nobel de la paix reçu avec Léon Degrelle.

Mais en 1980, la Pologne se révolte. Le système nazi a étouffé toute capacité d'initiative. La machine économique de l'Union Aryenne est tombée en panne. Un nouveau pape polonais, qui siège maintenant au Brésil, fait une visite historique à Varsovie.

Le nouveau premier secrétaire du parti nazi comprend qu'il faut réformer le système. Il lance une nouvelle politique, plus libérale. Mais c'est un échec. En 1991, des élections en partie libres sont organisées. Les candidats du système sont balayés. Un coup d'État survient, dernier sursaut de la vieille garde. Il échoue. Le lendemain, la France se sépare du Reich, bientôt imitée par l'Italie. L'Union Aryenne implose. L'Allemagne tombe entre les mains des mafias. Partout dans le monde, on découvre, horrifié, la réalité des crimes nazis, bien pires que ceux confessés en 1956 par Degrelle. Partout, les partis nazis s'effondrent. La Bête est-elle terrassée ? Pas si sûr…

De nouveaux partis viennent d'éclore. On les appelle les « röhmistes ». Ils expliquent que la théorie nazie a été mal appliquée. Si on avait écouté Röhm, cela aurait marché !

*

Piqûre de rappel.

Concrètement, le rôle des instances supranationales est de plus en plus clairement de confisquer la souveraineté au profit des oligarchies, au motif que la souveraineté populaire, par nature, ne trouve à s'exercer qu'au sein d'un peuple. D'où cette conclusion inévitable : pour prendre à revers les oligarchies, il faudrait inventer une coalition de souverainetés populaires établies fermement dans le cadre national. C'est-à-dire que l'antidote au mondialisme serait un authentique *internationalisme* – où l'on retrouve le rôle de leurre joué par l'altermondialisme…

*

L'universalisme peut être compris de deux manières : ou bien il s'agit de construire une conscience universelle par-delà la diversité des hommes ; ou bien il s'agit d'effacer la diversité des hommes pour construire un homme universel – fantasme prométhéen de la table rase. Tous les universalistes oscillent entre ces deux tendances – à de rares exceptions près, personne ne s'inscrit jamais ni tout à fait dans la logique de la conscience universelle, ni tout à fait dans la logique de la table rase. Cependant, d'une manière générale, les universalistes fréquentables convergent vers la conscience universelle.

C'est l'enjeu, aujourd'hui, en France, de restaurer la nation pour abolir le fantasme de la table rase – il est temps de se souvenir qu'être français, c'est ne pas être non français. En ce sens, nous devons combattre l'universalisme désincarné des mondialistes.

Mais ce n'est peut-être pas suffisant. Pour ceux qui ont l'optimisme chevillé au corps, pour ceux qui s'imaginent contre toute logique qu'on peut encore éviter la catastrophe, il s'agira aussi de restaurer la nation *en tant qu'elle est un projet*, afin que ce rétablissement serve de point de départ à une refondation de la conscience collective – c'est-à-dire refuser l'universalisme de la table rase, certes, mais seulement pour refonder l'universalisme de la conscience – un universalisme qui s'appuie sur l'homme réel, au lieu de le nier pour le refaire.

A ce sujet, une remarque en passant. Le discours « antiraciste », en prétendant valoriser l'africanité des Français issus de l'immigration, a fait beaucoup, depuis vingt ans, pour empêcher cette refondation. Sachant que ce discours est promu par les mondialistes, on voit bien qu'il s'agit, depuis le début, d'une *stratégie*.

*

L'université française est noyautée par la gaugauche la plus doctrinaire, la plus stupide, celle-là même que le capital choie parce qu'elle est pour lui une alliée de revers. Le phénomène va si loin qu'à mon avis, dans les disciplines non scientifiques, on peut considérer qu'un diplôme de l'université française est un signe de bêtise – ou de malhonnêteté.

*

Il paraît qu'à relativement brève échéance, un utérus artificiel sera opératoire, qui permettra de « fabriquer » de l'homme sans recourir à la matrice féminine. Si c'est vrai, alors c'est une révolution bien plus importante que tout ce que nous avons vu jusqu'ici. On n'en mesure pas encore les conséquences, d'ailleurs, même dans les milieux qui se sont intéressés à la question.

Tenez, un simple constat : l'utérus artificiel, c'est la véritable solution finale de la question juive, parce qu'un monde sans mères, c'est un monde sans Juifs.

Cela dit pour prouver qu'on peut faire pire que Houellebecq.

*

Une note d'espoir.

« Les Français sont des veaux, ils ne relèveront jamais la tête de leur mangeoire. » – sauf si la mangeoire est vide, évidemment.

*

Éditions Le Retour aux Sources

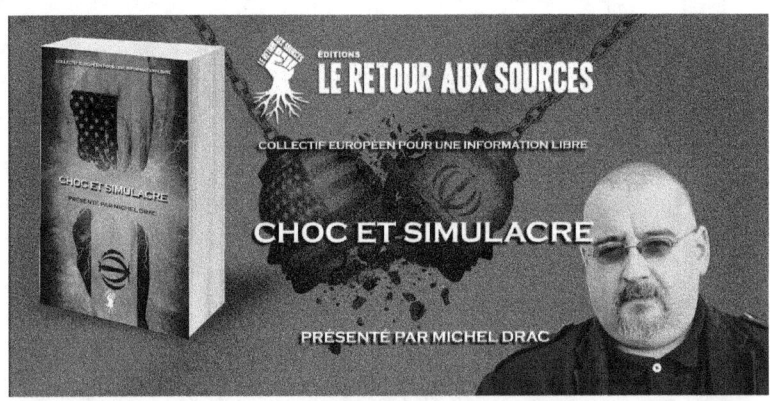

www.leretourauxsources.com